Diogenes Taschenbuch 21189

detebe

Silvio Toddi

Einmal Venedig und zurück

Eine Liebesgeschichte für Optimisten

Aus dem Italienischen von Lisa Rüdiger

Diogenes

Titel der Originalausgabe:
Validità Giorni Dieci
Die deutsche Erstausgabe erschien 1955
unter dem Titel ›*Gültig 10 Tage*‹
im Diogenes Verlag

Veröffentlicht als Diogenes Taschenbuch, 1984

120/94/36/4
ISBN 3 257 21189 9

Inhalt

Ich stelle vor

... o, welche Wonne,
ein Tag voll Sonne!
Napolitanisches Lied

Ein Dutzend Worte genügen, einen Helden vorzustellen, besonders wenn die Worte von ihm selbst stammen.

Paolo Rubini heißt der junge Mann, der an einem Dezembertag des Jahres 19.. gegen acht Uhr morgens an sich selbst und die Piazza Esedra in Rom folgende Worte richtete:

»... ...! Und wenn die Welt zusammenbricht, heute gehe ich nicht ins Büro.«

(Die ersten beiden Worte, die seinen Ausspruch nur bekräftigen, sind hier ausgelassen, denn sie würden dem Leser eine unzutreffende Vorstellung von Paolo Rubini vermitteln.)

Die Welt hatte aber gar nicht die Absicht zusammenzustürzen, ob nun Paolo Rubini ins Büro ging oder nicht.

Suchet nicht, so werdet Ihr finden

Lieber einen Tag als Löwe leben denn hundert Jahre als Schaf.
Italienisches Sprichwort

Die Torbogen der Piazza Esedra glichen zwei in Liebe verschlungenen Armen, die der Flucht der vier Brunnennymphen Einhalt geboten. Lächelnd und frohgelaunt ob der schönen Wintersonne boten diese also weiterhin ihre bronzene Üppigkeit dem glitzernden Strahl der Fontana Marcia dar.

Paolo Rubini, der nicht aus Bronze, sondern aus Fleisch und Blut war, hungerte nach Sonne und Wärme.

Und hätte ihn etwa der dreißigste Teil von tausend Lire Monatsgehalt um diese lockende Freiheit bringen sollen?

Er wiederholte also:

»Und wenn die Welt zusammenbricht, heute gehe ich nicht ins Büro.«

Die ihm am nächsten stehende Najade – es war die gleiche, die seit fünfundzwanzig Jahren ein ungestümes Seepferd davon zurückhält, sich im Galopp in die Via Nazionale zu stürzen – schien seinen Vorsatz mit einem eigentümlichen von Wasser glänzenden Lächeln zu billigen.

Paolo Rubini lächelte zurück und seufzte:

»Ich möchte dich einladen, schöne Meeresgöttin, mit

mir nach Frascati zu kommen und von dort oben den Blick auf die römische Campagna zu genießen. Ihr poetischer Zauber wird durch den leichten Nebelschleier erhöht, den der Wein von den Castelli erzeugt, wenn man ein bißchen über den Durst trinkt.«

Er stellte sich für einen Augenblick den empörten Blick der deutschen und englischen Touristinnen vor, wenn die Statue, zwar keine Statue mehr, aber in statuarischer Nacktheit, in die Straßenbahn einstiege, die zu den Castelli führt.

Doch vom Traum in die Wirklichkeit zurück! Er mußte jetzt erst einmal einen Vorwand für sein Ausbleiben finden und sich dann nach einem Telefon umsehen, um im Büro Bescheid zu sagen.

»Die Benutzung des Telefons ist nur den Kunden gestattet.«

Paolo Rubini wurde Kunde, indem er gegen seine sonstige Gewohnheit einen morgendlichen Aperitif trank und auch zahlte.

Dann legte er den Finger in eins der zehn Löcher der Nummernscheibe und übte ein paar Hustenanfälle. Er würde sagen, er könne wegen einer plötzlichen heftigen Influenza nicht ins Büro kommen.

Wahrscheinlich würde sich der Portier melden – um so besser.

»Tu–tu–tu–tu ...«

Dieses tu–tu–tu–tu, das in der Telefonsprache »Besetzt« bedeutet, macht ungeduldig wie eine verschlossene Tür in einem verlassenen Hause, hinter der man die Glocke vergeblich läuten hört und nur ein bellender Hund antwortet: »Es ist niemand da. Man hat mich allein gelassen.«

Paolo war aber nicht in der Stimmung sich zu ärgern.

Er war ja Kunde und konnte jetzt ruhig einen zweiten Versuch abwarten. Inzwischen konnte er den beabsichtigten Ausflug schon ein wenig im voraus genießen.

Die letzte Fahrt ins Grüne lag vier Monate zurück. Ein Ausflug nach Frascati erschien ihm, da er lange nicht mehr unterwegs gewesen war, wie eine große Reise, ja fast wie eine Weltreise.

»Ich werde all mein Geld ausgeben. Morgen bitte ich um Vorschuß ... Ich schiebe die Krankheit vor, die mich etwas gekostet hat.«

Er würde mit den dreißig* oder fünfunddreißig Lire schon etwas anzufangen wissen.

Dreißig oder fünfunddreißig?

Wer sein Geld in der Öffentlichkeit zählt, blamiert sich, weil er vor den Augen der andern bekennt: Ich habe Geldsorgen.

Paolo steckte seine Hand in die rechte Tasche und versuchte, die verschiedenen Geldstücke abzutasten. In Gedanken legte er eins nach dem andern auf ein kleines rechteckiges Stück Pappe von grünlicher Farbe, das neben seinem rechten Fuß auf den roten Steinfliesen lag.

»Das ist ein Zwanziglirestück, der Häuptling meines Vermögens: zwanzig Lire frisch aus der Münze. Hier sind drei Fünflirestücke ... ach nein, nur zwei. Das muß ein Nickelstück sein wie diese anderen drei: zwei Mün-

* Der Einfachheit halber paßt der Übersetzer die Geldwerte früheren Verhältnissen an.

zen zu einer Lira (man erkennt sie an dem gezähnten Rand) und ... ein, zwei, drei Soldi. Macht zusammen zweiunddreißig Lire fünfundneun ...«

Er unterbrach sich.

Nachdem er sich über die Gesamtsumme klar geworden war und in Gedanken die Geldstücke von dem grünen Stück Pappe wieder aufgehoben hatte, bemerkte er, daß es mit diesem Stück Pappe eine besondere Bewandtnis hatte. Es hatte einen Aufdruck und eine viereckige Stempelmarke. Kurz, es war ein Ding, das man in der Regel nicht auf dem Boden einer Telefonkabine in einem Café findet.

Paolo Rubini bückte sich und hob es auf.

Hätte er diese beiden Bewegungen unterlassen, so hätten die folgenden Kapitel nicht geschrieben werden können.

Aller Anfang ist nicht schwer

Wir denken nie an die Zahl verpaßter Gelegenheiten, die entweder keinen Eindruck in uns hinterlassen haben oder nicht in unser Bewußtsein gedrungen sind.

Laplace: Essai philosophique sur les probabilités, 1814

Unser Held – denn in diesem Augenblick und auf Grund seiner Bewegungen wird Paolo Rubini ganz offiziell unser Held – betrachtete einige Sekunden lang das Stück Pappe, das so unerwartet in seine Hände gefallen war.

Seine erste Regung verriet den Menschenfreund, und das kennzeichnet unseren braven jungen Mann besser als alles andere:

»Der Ärmste! Wer mag das wohl verloren haben?«

Seine Gedanken kreisten um den Unbekannten, der in einem Café auf der Piazza Esedra eine Eisenbahnfahrkarte erster Klasse für eine Reise von Rom nach Venedig und zurück verloren hatte.

Zu einem gegebenen Zeitpunkt werden wir auf Paolos Begabung zurückkommen, einer Sache genau auf den Grund zu gehen und folgerichtig zu denken.

Unser Gentleman, für den die Fahrkarte gänzlich wertlos war, beschloß, den Fund der Kassiererin als der höchsten Autorität des Lokales zu melden, die hinter der silberfunkelnden Kasse thronte.

»Signorina, diese Fahrkarte ist unbenutzt, sie ist nicht gelocht. Sie ist heute morgen ausgestellt worden, schauen Sie den Stempel an. Es muß sie jemand verloren haben, der hier vor mir telefoniert hat.«

Die hübsche Brünette, die – soweit sie zu sehen war – den Titel der Schönheitskönigin unter den Kassiererinnen der römischen Cafés verdient hätte, betrachtete die Fahrkarte und das Datum und stellte fest, daß sie nicht gelocht war. Sie prüfte auch die andere Seite des Stückchens Pappe genau und gab es dann mit der typischen Geste einer Portiersfrau zurück, die zur Antwort gibt: »Mir völlig unbekannt.«

(Paolo notierte schnell in seinem Gedächtnis: »Die hübschen Kassiererinnen in den öffentlichen Lokalen interessieren sich nicht übermäßig für das persönliche Mißgeschick ihrer Kunden. Diese Tatsache ja im Auge behalten, falls ich einmal einen Flirt mit einer dieser gleichgültigen Chronistinnen des öffentlichen Alkoholismus anfangen sollte.«)

Er ließ nicht locker.

»Denken Sie doch einmal nach, Signorina. Vielleicht fällt es Ihnen ein.«

Das hübsche Kind schaute Paolo so verblüfft an, als hätte er es aufgefordert, die Namen der Päpste auswendig aufzusagen. Dann entschloß sie sich, den Ober zu rufen.

»Raffaele!«

In der Hoffnung auf ein Trinkgeld kam Raffaele federnden Schrittes herbei. Es sah aus, als fürchtete er, dem Fußboden weh zu tun.

»Womit kann ich dienen? Hat der Herr etwas verloren?«

Die Frage hatte den charakteristischen Tonfall dienstbeflissener Kellner, die unverkennbare Melodie des *do ut des*.

Paolo machte ihm klar, daß er nichts verloren, sondern etwas gefunden habe, und daß es eine gute Tat sei, den Eigentümer der Fahrkarte ausfindig zu machen.

Der Ober Raffaele lächelte voll Enttäuschung und Mitleid. Er witterte in Paolo einen dienstbaren Geist oder eine Art unbefugten Konkurrenten.

Und mit der vertraulichen Herablassung des Kollegen teilte er ihm mit, vor wenigen Minuten habe ein Herr, nachdem er einen Cappuccino und zwei Brötchen zu sich genommen, telefoniert. Und da er einen Koffer bei sich gehabt habe . . .

»Einen Koffer? Er wollte also abreisen? . . .«

»Ja, einen kleinen gelben – einen auffallend gelben Koffer. Schauen Sie her, genau die Farbe von Fräulein Wandas Bluse . . .«

Paolo drängte sich in seiner Begeisterung so nahe an die Kassiererin heran, daß diese in der Befürchtung, er möchte etwa den Inhalt des Koffers untersuchen, sanft zurückwich.

Erfüllt von dem Gedanken, eine gute Tat zu vollbringen, bat unser junger Freund den Kellner eiligst um andere Merkmale.

Kurz darauf eilte Paolo zum Bahnhof Rom-Termini mit der festen Absicht, einen bartlosen Herrn von etwa vierzig Jahren mit einem dunklen Pelzmantel und einem unverkennbaren Koffer einzuholen.

Ob der Unbekannte eine Brille trug oder nicht, wußte der Ober Raffaele nicht mehr genau. Eins aber wußte er bestimmt (»Ich habe es genau gesehen, als er zahlte und mir außer den üblichen Prozenten ein Trinkgeld gab«), daß er eine Brieftasche aus Schlangenleder mit einer merkwürdigen, großen vergoldeten Verzierung auf sich trug.

Mit Hilfe solcher Beschreibungen kann man jemanden viel leichter erkennen, als wenn man sich an die Angaben im Paß halten müßte.

Wenn die Polizei eine gesuchte Person erwischt, so eben darum, weil der Verbrecher unvorsichtig genug war, eine rotgelbe Krawatte oder einen Spazierstock mit einem Bulldoggenkopf als Griff zu tragen. Mit den Merkmalen der äußeren Erscheinung des Gesuchten laut Angaben der Hauptpolizei wäre es keinem Kriminalbeamten möglich, jemanden festzunehmen. Oder er müßte fünftausend Personen verhaften, die alle eine Adlernase, rosige Gesichtsfarbe, regelmäßigen Mund und kastanienbraunes Haar haben.

Inzwischen durchquert unser Paolo Rubini im Laufschritt den kleinen Park an der Piazza delle Terme. Und hinter ihm läuft ein Hund, der ebenfalls eine edle Mission zu erfüllen hat.

Der Hund interessiert uns nicht weiter, denn er kehrt nach ein paar Metern um und läuft hinter einem Radfahrer her. Wir halten uns lieber an Paolo.

Es ist durchaus verfehlt, Menschen im Ruhestand zu beschreiben; so etwas wirkt fast immer wie ein gestelltes Foto. Die Menschen gleichen Statuen, die mit dem Dargestellten in Wirklichkeit gar nichts zu tun haben. Man muß sie in Bewegung aufnehmen.

Paolo hat bereits den Piazzale dei Cinquecento erreicht. Er läuft leichtfüßig dahin – auch sein Mäntelchen ist leicht, denn der Wind treibt sein Spiel mit ihm und verrät dadurch, wie billig es war.

Paolo ist nicht schüchtern. Es ist ihm völlig gleichgültig, was die Leute von ihm denken mögen, wenn sie ihn so rennen sehen.

Er ist geschickt und behend. Er erreicht den Bahnhof, ohne daß ihn ein Auto oder eine Straßenbahn überfahren hat.

Er ist jung und lebenslustig. Er denkt sogar daran, dem nächstbesten Unbekannten etwas Gutes zu tun.

Er ist unternehmungslustig, geistesgegenwärtig, unbefangen: Obwohl er lange keine große Reise gemacht hat, überquert er ohne Zögern die große Halle von Rom-Termini und steuert sofort auf das richtige Ziel los.

Unter der weiten Halle, die alle Geräusche in tausendfacher Verstärkung zurückwirft, vereinigen sich metallische Klänge und menschliche Laute zu einem einzigen harmonischen Akkord: zur dumpf dröhnenden Melodie eines großen Bahnhofs.

»Nach Florenz?« fragt Paolo eilig den Beamten und reicht ihm die Fahrkarte zum Knipsen.

Der Beamte hebt den Finger und zeigt nach oben.

Das soll nicht etwa heißen, daß der Zug in den Himmel gefahren ist. Es ist im Gegenteil eine beruhigende Geste und soll bedeuten, daß er sich nicht allzu sehr zu beeilen braucht. Der Beamte zeigt auf die große Uhr:

»Es ist noch Zeit. Bahnsteig eins.«

Eine Sehnsucht nach fernen Ländern hatte Paolo Rubini oft zum Bahnhof getrieben, um wenigstens die andern abreisen zu sehen und die Schilder der internationalen Wagen mit den fremdländischen Aufschriften: Wien, Beograd, Praha zu lesen. Dann war es ihm vorgekommen, als wäre er selbst auf der Reise.

Wie oft hatte er die Fahrpläne studiert und in Gedanken Reisen zusammengestellt und dann jedesmal beim Anblick der grünen Fahrpreistabellen seufzend innegehalten.

Paolo bahnte sich einen Weg durch die Menge, die den ersten Bahnsteig versperrte.

Jedermann weiß, daß sich die Reisenden auf den Bahnhöfen in zwei entgegengesetzten Richtungen bewegen. Die wie wir gehen, schreiten langsam und versperren uns den Weg. Die Entgegenkommenden aber haben es eilig und stoßen uns den Ellbogen in die Rippen und den Koffer gegen die Schienbeine.

Unser tüchtiger junger Freund stieg in den letzten Wagen und lief den Gang entlang, während er nach rechts und links ein freundliches »Gestatten Sie?« oder »Verzeihung!« murmelte. Hier roch es schon ganz leicht nach Menschen und Dampfheizung: der unverkennbare Geruch der zweiten Klasse.

Paolo handelte mit jener Begeisterung, die menschenfreundlich-selbstlose Handlungen kennzeichnet. Bei der Büroarbeit hätte er niemals so viel Eifer aufgebracht.

Aber er fühlte sich vierundzwanzig Stunden lang als freier Mensch und wollte sich einer ihm vom Schicksal so unerwartet anvertrauten Aufgabe untadelig entledigen.

Danach würde er wieder aus dem Zug steigen und leichteren Herzens und ohne sich ein Gewissen daraus zu machen, daß er seine Pflicht versäumte, ins Büro telefonieren.

In den ersten Abteilen saß niemand, der dem Unbekannten irgendwie ähnlich gewesen wäre.

Unbekannt waren alle, aber die um vierzig waren nicht bartlos, und wenn sie keinen Bart hatten, trugen sie auch keinen dunklen Pelz.

Keine Spur von einem kanariengelben Koffer.

Mit Mühe schlängelte er sich durch die Reisenden, die sich verschworen zu haben schienen, ihm den Durchgang zu erschweren, und stieg über das Gepäck, das den Korridor versperrte. So kam er bis zum zweiten Wagen erster Klasse, wo er wieder in jedes Abteil schaute, die grüne Fahrkarte, Ursache und Ziel seiner Mission, immer in der Hand.

Eine Hand streckte sich aus, um die Fahrkarte zu ergreifen.

Eine kleine vernickelte Zange knipste sie und hinterließ ein viereckiges Loch.

Eine freundliche Hand reichte Paolo das Stückchen Pappe zurück, der wie angewurzelt stehenblieb und dem Eisenbahnbeamten nachschaute, der im Weitergehen die Reisenden aufforderte:

»Fahrkarten, bitte!«

Paolo wollte ihm folgen, wollte ihm erklären, daß . . .

Wieder blickte er auf das grüne Stück Pappe, das jetzt schon zweimal gelocht war, und schaute dann nach draußen. Er sah zwei Wagen, die sich bewegten.

Fuhr ein anderer Zug ein?

Umgekehrt. Paolo bemerkte erst jetzt, daß der Wagen rüttelte und der Zug – jetzt war es *sein* Zug – gerade die letzten Weichen des Bahnhofs hinter sich ließ und rascher zu fahren begann.

Wer nicht kommt zu rechter Zeit, muß nicht nehmen, was übrig bleibt

Zwecks Beförderung muß der Reisende im Besitz einer Fahrkarte sein.

Art. 14 der Beförderungsbestimmungen der italienischen Staatsbahnen

Paolo Rubini betrat ruhig ein Abteil erster Klasse und nahm Platz. Er betrachtete die Landschaft, die am Zug vorüberglitt, der ganz leicht nach links geneigt war.

Ruhig?

Völlig ruhig.

Gewisse Überraschungen sind wie ganz große Zahlen.

Was heißt vierzehn Quintillionen. Ein Ausdruck, der uns so gut wie nichts sagt, weil die Zahl zu hoch ist, als daß wir noch irgend einen Begriff mit ihr verbinden könnten.

Genau so ist es mit den großen Überraschungen: Sie überraschen überhaupt nicht mehr.

Paolo fand es durchaus normal, daß er sich in einem fahrenden Zug, genauer: in einem D-Zug ohne den Schienen- und Räderlärm der Bummelzüge befand.

D-Zuglärm klingt würdevoller und verhaltener; die Wagen sind aus einem Metall, das sozusagen eine vornehmere Sprache spricht.

Auf einem kleinen Rechteck aus weißem Lack, das sich

neben der Wagentür befand, stand in schwarzer Schrift: »Nicht aussteigen, bevor der Zug hält.«

Aussteigen? Wozu wohl?

Nicht eine Sekunde war es ihm in den Sinn gekommen, sich aus dem fahrenden Zug zu stürzen. Wer nicht schwimmen kann, wird nicht gerade ins Wasser springen wollen, wenn die Wellen hoch gehen.

Paolo hatte keine Lust, sich unsinnigerweise ein Bein oder mehr zu brechen.

Er gewöhnte sich an seinen neuen Zustand und machte es sich auf den roten Samtpolstern der ersten Klasse bequem. In so einem Tempo war er übrigens noch nie gefahren.

Mit einem kurzen Pfiff, der wie der kurze Schrei einer Frau klang, fuhr der Zug in den Tunnel unter der Via Nomentana und kam in der Campagna wieder heraus. In großen Kurven folgte er den Windungen des Aniene.

Was die beiden Zwischenräume in den Büchern bedeuten, die von einem Abschnitt zum andern überleiten, das ist beim Reisen das Dunkel in den Tunneln.

Um diese Zeit hätte sich Paolo also bereits in seinem Büro befinden müssen.

In einem winzigen Zimmer mit künstlicher Beleuchtung, wo er in einem schmalzigen Italienisch die Untertitel für einen amerikanischen Film der Openmouthed Picture Co. zu fabrizieren hätte.

Das Büro erschien ihm schon weit, weit entfernt, nicht nur räumlich, sondern auch zeitlich.

War das wirklich er, Paolo Rubini, der heute morgen beim nüchterngrünen Schein einer Bürolampe »Der verhängnisvolle Zorn« für das italienische Publikum übertragen sollte?

Nein, das mußte ein anderer sein, ein Mann gleichen Namens, eine Doppelgängermaschine, der ewige Büroautomat mit dem bißchen Gehirn und jener literarisch-geschäftlichen Routine, die genügt, um das amerikanische »for ever« in einen für das italienische Publikum besser verständlichen Untertitel zu übersetzen:

»... und eines Abends unter dem silbernen Mondeslicht gestand ich ihr endlich all meine grenzenlose Liebe, meine unendliche Leidenschaft ...« undsoweiter undsoweiter.

Paolo Rubini lächelte mitleidig über den armen Angestellten mit tausend Lire Monatsgehalt.

Eine kleine Zahl genügt, um uns in die Wirklichkeit zurückzurufen.

Tausend Lire im Monat.

Von denen er noch genau zweiunddreißig Lire fünfundneunzig Centesimi besaß.

Während der Zug über den Ponte Salario dröhnte und das Gewirr der Eisenträger vor dem schmalen Fenster vorüberglitt, fragte sich Paolo ruhig lächelnd, was er mit dreiunddreißig Lire minus einen Soldo in der ihm vom Schicksal so grotesk aufgedrängten Lage anfangen könne.

Diese finanzielle Beschränkung glich einem Strick, mit dem die Ziege mitten auf der Wiese festgebunden ist, so daß sie nur innerhalb einer engbegrenzten Fläche weiden kann.

Paolo Rubinis Strick war genau dreiunddreißig Lire minus einen Soldo lang.

Seine Berechnungen glitten wie der Schnellzug über die rauhen Schienen der Logik und der Mathematik.

Vor allem hatte seine menschenfreundliche Mission nun keine Existenzberechtigung mehr.

Das Rechteck aus grüner Pappe, das ihn in den D-Zug nach Florenz statt in die Straßenbahn nach Frascati geführt hatte, war jetzt durch höhere Gewalt seine eigene Fahrkarte geworden.

Den bartlosen Reisenden mit dem gelben Koffer und der Brieftasche aus Schlangenleder weitersuchen, um ihm die verlorene Fahrkarte zurückzugeben, hieße zwar die beabsichtigte gute Tat ausführen, hieße aber auch, sich ohne Fahrkarte in einem fahrenden Zug befinden.

Paolo Rubini war in langen Reisen unerfahren; aber er wußte aus zahlreichen für das italienische Publikum bearbeiteten amerikanischen Filmen, was für akrobatische Folgen es mit sich bringen kann, wenn jemand ohne gültige Fahrkarte im Zug sitzt.

Die amerikanischen Eisenbahnwagen scheinen für solche Zwecke ideal konstruiert zu sein: Sie haben keine Abteile, sondern bilden einen einzigen langgestreckten Salon. Kaum erscheint vorn am Eingang der Kontrolleur, meist ein Neger, so verzieht sich der Reisende ohne Fahrkarte in entgegengesetzter Richtung. Er wird durch drei Wagen verfolgt und klettert auf das Zugdach. Gerade will der Kontrolleur ihn packen, da tut er einen Sprung von fünfzehn Metern und landet haargenau auf dem Rücken eines Pferdes, das zu diesem Zwecke neben dem Zuge herlief. Rasch galoppiert er in die Prärie davon, verfolgt von einem Polizeiauto, das wahrscheinlich im Gepäckwagen untergebracht war. Inzwischen erreicht der Zug die Brücke, die von den Verbrechern mit einer Sprengladung versehen ist.

Paolo Rubini war es alsbald klar, daß er sich auf solch abenteuerliche Kunststücke nicht einlassen konnte, weil er erstens kein Pferd erblickte, das frei herumlief, und weil zweitens die Rückfahrkarte sein *Eigentum* geworden war.

Er würde ruhigen Gewissens an einer der ersten Stationen aussteigen und mit demselben Billett, das für Hin- und Rückfahrt galt, nach Rom heimfahren.

Er streckte sich wohliger auf dem roten Samt aus, um sich nicht ein Tüpfelchen von dem unerwartet billigen Reisevergnügen entgehen zu lassen.

Der Zug fuhr an einem Fluß entlang. Das mußte der Tiber sein, der hier breiter war als in Rom, wo er sich zwischen zwei starren, drückenden Steinmauern hindurchzwängte; hier in der Campagna war er wie Paolo der Enge der Stadt entronnen.

Wo sollte er aussteigen und seine so glücklich angetretenen vierundzwanzig Stunden Ferien verbringen?

Wen von seinen vier Reisegefährten sollte er um den Fahrplan bitten?

Die beiden in der Ecke waren bestimmt ein Hochzeitspärchen. Es wäre indiskret gewesen, sie mit einer banalen Frage in die Wirklichkeit zurückzurufen.

Wahrscheinlich hatten sie auch gar keinen Fahrplan. Sie wußten es sicher auswendig, wann der Zug auf den verschiedenen Stationen und erst recht am Bestimmungsort ankam.

Das wußten natürlich auch alle, die sie an den Zug begleitet hatten. Sie würden sie in Gedanken mit vielen freundlichen und anzüglichen Wünschen bis ins Hotelzimmer begleiten.

Neben Paolo saß ein magerer Herr mit einem Seehundsbart. Diese Barttracht wirkt wie eine Verteidigungswaffe und verrät den Menschenfeind. Seitdem Paolo das Abteil betreten hatte, hielt der Herr mit dem stacheligen Bart und Wesen eine Zeitung vor sich ausgebreitet, über die er ab und zu mißtrauische Blicke wie aus einem Schützengraben warf.

Vor unserem jungen Freund saß ein Herr, der das genaue Gegenteil war. Er hatte sich schon drei- oder viermal in seiner ganzen Leibesfülle unruhig erhoben und in seinen Taschen herumgestöbert. Eben hatte er ein Etui hervorgezogen und bot Paolo eine Zigarette mit Goldmundstück an.

Paolo nahm sie dankend, gab seinem freundlichen Reisegefährten Feuer, zündete seine eigene Zigarette an und fragte:

»Verzeihen Sie, hätten Sie vielleicht einen Fahrplan bei sich?«

Der Herr gehörte zu den Personen, die man im Zug häufig trifft. Sie begnügen sich nicht damit, eine Frage zu beantworten oder einfach zu tun, worum man sie bittet, sondern fühlen den unwiderstehlichen Drang, etwas darüber hinaus zu tun.

Fragt man sie, wie spät es ist, so zeigen sie das Zifferblatt ihrer Uhr, versichern, daß sie auf den Glockenschlag genau geht, und fordern mindestens ein paar von den Anwesenden auf zu bestätigen, daß es tatsächlich 9 Uhr 47 ist.

Bittet man sie um ein Zündholz, so schenken sie eine ganze Schachtel: »Die können Sie gern behalten, ich habe noch eine!« (Sie haben immer eine zweite in Reserve, und selbst wenn sie keine hätten, würden sie doch so tun, nur um bei einem Unbekannten, den sie wahrscheinlich nie wiedersehen werden, den Eindruck besonderer Großzügigkeit zu erwecken).

Der höfliche Nachbar gehörte zu dieser Sorte.

Er beugte sich vertraulich zu Paolo hinüber und, den geöffneten Fahrplan auf den Knien, begann er zu erklären:

»Rom – Florenz, hier, Zug 24, das ist unser. Abfahrt Rom-Termini um . . . um 10.35.«

Mit dem dicken Finger fuhr er die senkrechte Spalte hinab, wobei er wie ein addierender Buchhalter unverständlich vor sich hinmurmelte. Dann fragte er:

»Fahren sie weit?«

Paolo lächelte bei dem Gedanken, daß er zum ersten Male wirklich weit fuhr: jedenfalls weiter als bis Frascati!

Aber er sagte nichts, zumal der joviale Herr auch gar keine Antwort zu erwarten schien, sondern sich damit begnügte, die Stunden und Minuten des Schnellzuges 24 vorzulesen.

Paolo Rubini erfuhr nicht nur, daß der Zug 12.34 in Orvieto ankommen und 12.35 wieder abfahren sollte (was ihm ziemlich gleichgültig war), sondern auch, daß der liebenswürdige Herr nach Venedig fuhr, wohin seine Frau Gemahlin (er sagte tatsächlich »meine Frau Gemahlin«) ihm schon vor vier Tagen vorausgefahren war (was Paolo nun erst recht nicht interessierte).

Dann erzählte der joviale Herr von sich selbst, von seinen Geschäften, vom Zweck seiner Reise, und zwar um so ausführlicher, als er dadurch ein gewisses Anrecht auf das volle Vertrauen seines Gesprächspartners zu gewinnen hoffte.

Paolo tat, als hörte er zu. In Gedanken weilte er aber längst in Orvieto vor der Kathedrale und schrieb Ansichtskarten an seine Kollegen im Büro. Ach ja, er mußte ja auch noch ein Entschuldigungstelegramm an die

Openmouthed Picture Co. schicken. Jetzt brauchte er keine Influenza oder sonstige Krankheit vorzutäuschen, auf Grund des ungewöhnlichen Aufgabeortes – Orvieto – würde der vage, aber wichtig klingende Satz genügen »Ernste Familienangelegenheiten«.

Der joviale Herr redete unentwegt weiter. Er ging Paolo mit seinem Geschwätz allmählich auf die Nerven, denn er störte seine Gedanken und den Genuß an der Landschaft.

Wenn er nur einen guten Vorwand fände, um ihm den Mund zu stopfen! Aber Paolo hatte nichts Eßbares zur Hand.

Doch seine Wünsche schienen heute alle in Erfüllung gehen zu sollen, wenn auch auf unerwartete Weise.

Die Abteiltür öffnete sich, der Kontrolleur trat ein.

Der Herr mit dem Seehundsbart brummte unwillig, der junge Ehemann löste den rechten Arm von den Hüften seiner Frau, und Paolo machte sich bereit, die Fahrkarte zum dritten Male lochen zu lassen.

Doch der Kontrolleur beschwichtigte alle mit einer Handbewegung und wandte sich an den jovialen Herrn:

»Haben Sie sie gefunden?«

»Leider nicht. Ich muß also zahlen!« erwiderte er zuvorkommend und zog mit einem ergebenen Seufzer seine Brieftasche hervor.

Eine Brieftasche aus Schlangenleder.

Mit einer großen goldenen Verzierung.

Paolo blickte nach oben. Im Netz lugte hinter einem schweren, dunklen Pelzmantel ein gelber Koffer hervor, genau so kanariengelb wie die Bluse der schönen Kassiererin vom Café auf der Piazza dell'Esedra.

Der Teufel macht die Deckel, aber nicht die Töpfe

Der Stein ist schwer, wenn er an seinem Platze liegt.
Persisches Sprichwort

»Vettura ristorante! Wagon restaurant! Dining car! Speisewagen!«

Unsere Schüler hätten eine perfekte Aussprache in allen Sprachen, wenn die Sprachlehrer, die das Pariser R sizilianisch, das englische »How do you do?« venezianisch und das Deutsche wie die Leute in Cerignola* aussprechen, durch Speisewagenpersonal der »W. L.« ersetzt würden.

(Die »Compagnia Internazionale delle Carrozze con Letto e dei Grandi Espressi Europei« wird auf vielerlei Art gekennzeichnet: Während die 69 Buchstaben aus Messing auf den 15 bis 18 Meter langen Wagen wie eine Zierleiste wirken, wird daraus auf Aschbechern und Uniformknöpfen ein schlichtes »W. L.«.)

Für Paolo Rubini klang der internationale Ruf, der auf dem Gang immer näher kam, wie die Stimme eines Retters in der Not.

Er bestätigte ihm, daß er sich in einem Zug des großen europäischen Eisenbahnnetzes befand.

* Kleine italienische Provinzstadt

Und er bot ihm ferner einen Vorwand, auf den Gang hinauszugehen, um dem durchbohrenden Blick des gelben Koffers zu entfliehen und nicht schlechten Gewissens mit ansehen zu müssen, wie der freundliche Herr aus der Schlangenledertasche drei Hundertlirescheine herauszog, um dem Kontrolleur zweihundertsechsundfünfzig Lire zwanzig Centesimi zu entrichten. Denn soviel kostete die Fahrt von Rom nach Venedig.

So zahlte er für ihn, Paolo, die Reise Rom–Orvieto und zurück, und dies zu keinem geringen Preis.

Er trat auf den Gang hinaus, um auf den Kellner zu warten, der alle Abteile öffnete, um seinen appetitanregenden Ruf in vier Sprachen ertönen zu lassen.

Er würde ein paar belanglose Worte mit ihm wechseln.

Doch dieser kam ihm zuvor:

»Erste oder zweite Mahlzeit? Erste Mahlzeit nach Orte, zweite nach Orvieto.«

Alle Menschen, die dem Tode nahe waren und dem Leben wieder geschenkt wurden, versichern, daß beim letzten Atemzug noch einmal das ganze Leben vor dem geistigen Auge vorüberziehe.

Sechzig oder neunzig Lebensjahre marschieren mit allen Einzelheiten wie ein Armeekorps bei der Parade vor dem inneren Auge des Sterbenden vorbei.

»Kaum verläßt man das Zeitliche, um in die Ewigkeit einzugehen, hat die Zeit jeden Wert verloren, und das ganze Leben drängt sich in einen flüchtigen Augenblick zusammen.«

Es fehlt mir bisher an Erfahrung, um die Richtigkeit solcher Behauptungen beurteilen zu können.

Um jedoch festzustellen, ob es möglich ist, mehrere Gedankengänge auf einmal zu bewältigen oder etwas zu überlegen, was in Worten auszudrücken mindestens eine Viertelstunde in Anspruch nehmen würde, braucht man nicht erst zu sterben.

Während der Speisewagenkellner fragt und schon einen rosa oder grünen Vormerkzettel abreißen will, überschlägt Paolo blitzschnell in Gedanken seine bisherige Reise und seine Kasse. Er kommt zu dem Schluß, daß er für dreiunddreißig Lire minus einen Soldo wenigstens einmal in einem der schönen Wagen essen könne, die er bisher nur neidvoll von außen betrachtet hatte.

Der Kellner mit der blütenweißen, breiten, halbgestärkten Krawatte riß einen rosa Zettel ab und überreichte ihn Paolo: »Première place – première série – fumeurs.«

Paolo war zumute, als hätte er eine Grenze überschritten.

Zum ersten Male in seinem Leben sitzt er an einem derart luxuriös gedeckten Tisch: das Geschirr von einem grauabgetönten Hellblau, auf das zwei ineinander verschlungene Buchstaben gemalt sind, die geradezu einen fürstlichen Eindruck erwecken, während das Besteck blinkt und blitzt. Und das Schönste: das Ganze bewegt sich in einer Geschwindigkeit von 80 Stundenkilometern vorwärts.

Zum ersten Male in seinem Leben steht vor Paolo Rubini ein vielfarbig schimmerndes Vorgericht, Brötchen in einer Hülle aus zartem Seidenpapier und ein Döschen aus geschliffenem Glas mit einem durchlöcherten Porzellandeckel. Es enthält ein geheimnisvolles gelbliches Pulver, das weder Salz noch Pfeffer sein kann.

Und vor allem sitzt Paolo das erste Mal in seinem Leben eine überaus elegante junge Dame gegenüber, die nur durch den festlich schimmernden, weißgedeckten Tisch von ihm getrennt ist ...

Stilleben, Landschaft und Porträt sind die drei Grundsituationen der Malerei.

Das Stilleben der gedeckten Tafel und die vorbeieilende Landschaft haben für Paolo jeden Reiz verloren.

In diesem Augenblick bewundert er das Porträt.

Die schöne Unbekannte hingegen wendet ihre ganze Aufmerksamkeit bald dem Stilleben auf dem Tisch und bald der Landschaft zu.

Gerade wie wenn Paolo nicht existierte.

Dabei existiert Paolo sehr wohl, freut sich seiner Existenz und betrachtet verstohlen das schmale Gesicht, das ein Klassizist unregelmäßig gefunden hätte. Paolo jedoch findet es entzückend.

Er freute sich seines Daseins und wünschte immer sehnlicher, seine Tischnachbarin möchte seine Anwesenheit bemerken.

»Ein Königreich für ein Pferd!«

Unser Held dachte lächelnd, daß er nicht einmal dreiunddreißig Lire für einen Vorwand hätte bieten können, der ihm ein Gespräch mit der schönen Unbekannten ermöglicht hätte.

Von den kleinen Gegenständen auf dem Tische konnte er ihr nichts reichen, da auf dem winzigen Tisch alles gleich zur Hand war. So ein Tischlein schien wie geschaffen, zwei fremde junge Menschen verschiedenen Geschlechts in der trauten Atmosphäre einer gemeinsamen Mahlzeit einander näherzubringen.

Aber es war nur eine scheinbare und leider auch nur eine schweigsame Vertrautheit.

Ich glaube nicht an Spiritismus, okkulte Wissenschaften und an die physische Energie psychischer Kräfte. Doch muß ich zugeben, daß allein Paolos inständiger Wunsch die kleine Handtasche aus hellblauem Leder in geheimnisvoller Weise an den Rand des Tisches drängte, bis sie zu Boden fiel.

Wie ein Blitz, als gälte es, das Glück beim Schopfe zu packen, bückte sich Paolo und gab den freundlichen Gegenstand mit einem Lächeln zurück.

Als Lohn für seinen kleinen Dienst empfing er ein schlichtes »Oh!«, das ihm ungewöhnlich melodisch klang, und das etwa bedeuten konnte: »Es tut mir leid, daß Sie sich bemüht haben, ich danke Ihnen!«

Oder aber kürzer und fremdländischer: »Sorry. Thank you!« Denn Paolo nahm auf Grund ihrer Augenfarbe und des Mundschnittes an, die schöne Unbekannte müsse Engländerin sein. Er antwortete daher, noch freundlicher lächelnd:

»Don't mention it!«

Dann hielt er inne, wobei er sogar vergaß, seine erlesene Mahlzeit fortzusetzen, und überlegte im stillen, ob der Vorfall ihm wohl ein paar förmliche Fragen gestattete:

»Sind Sie zum ersten Male in Italien?«

»Reisen Sie weit, Signorina?«

»Sprechen Sie italienisch?«

Aber Paolo haßte Banalitäten, besonders am heutigen Tage, der einen solch ungewöhnlichen Lichtblick in seinem banalen Dasein darstellte.

Endlich war ihm etwas eingefallen.

Es war durchaus korrekt, die schöne Unbekannte zu fragen, ob der Rauch sie störe.

»Does the smoke disturb you?«

Sie machte eine kurze verneinende Bewegung mit ihrer reizenden kleinen Hand, die Paolo am liebsten ergriffen hätte.

Die Unbekannte zog aus ihrem blauen Handtäschchen ein goldenes Zigarettenetui hervor und entnahm ihm eine Zigarette, die sie an dem Feuer anzündete, das Paolo ihr reichte. Auch diesmal dankte sie mit einem einfachen Kopfnicken.

Sie bezahlte ihre Rechnung und ging.

Unser junger Freund aber suchte das Echo jenes einzigen »Oh!«, das die Unbekannte ihm geschenkt hatte, noch einmal zu vernehmen.

In Orvieto stieg er aus.

Er blieb auf dem Bahnsteig stehen und schaute auf den Zug, mit dem er nun nichts mehr zu tun hatte. Der Zug fuhr langsam wieder an.

An einem Fenster des vorletzten Wagens saß sie.

Und Paolo widerstand der Versuchung nicht, ihr laut auf Wiedersehen nachzurufen:

»I hope to meet you again!«

Die Unbekannte schien sich durch seine Aufdringlichkeit belästigt zu fühlen. Doch bevor der Zug mit ihr verschwand, lächelte sie noch einmal und erwiderte ziemlich schnippisch: »Oh!«

Dann wurde sie mitsamt dem Zug immer kleiner, der bald wie ein Spielzeug aussah.

Paolo, der mit einer leisen Wehmut im Herzen als einzigem Gepäckstück auf dem Bahnsteig zurückgeblieben war, hielt es für ratsam, sich zunächst einmal zu erkundigen, wann er zurückfahren könne und was er zu tun habe, um die Fahrkarte abstempeln zu lassen.

Der Bahnhofsvorsteher wollte gerade wieder in sein Büro zurückgehen.

Er prüfte Paolos Fahrkarte und erklärte ihm:

»Die Fahrkarte ist zu einem ermäßigten Preis für die Ausstellung ausgestellt worden. Ohne Stempel des Komitees ist sie für die Rückfahrt ungültig.«

»Welches Komitee?«

»Des Komitees der Ausstellung in Venedig natürlich.«

Der Zufriedene ist nicht glücklich

5 × 10 = 50
Pythagoräische Tafel

Venedig ist seit altersher die ideale Stadt für Liebespaare.

Aber zu einem Idyll gehören zwei.

Paolo jedoch kam in den ersten Stunden eines Dezembermorgens allein in Venedig an.

Mutterseelenallein und mit dem einzigen Ziel, einen Stempel zu erhalten, der ihm die Rückfahrt nach Rom ermöglichte.

Für Essen, Fahrgeld und sonstige Kleinigkeiten durfte er nicht mehr als zwei Lire fünfzig ausgeben.

Diese Summe reicht nicht, um in Venedig als großer Herr aufzutreten.

Selbst der geschickteste deutsche Reisende – die Deutschen verfügen über die ausgeklügeltsten Methoden des billigen Reisens – wäre in Verlegenheit geraten.

Aber Paolo befand sich in einer absonderlichen Stimmung. Die Vorfälle der letzten vierundzwanzig Stunden hatten dazu geführt, daß er sich willenlos seinem abenteuerlichen Schicksal überließ, als ob ihn jemand an der Hand führte.

Vielleicht hatte dieses Gefühl der Willenlosigkeit auch rein physische Gründe. Seine letzte Mahlzeit hatte er im Speisewagen vor Orvieto kurz vor 12 Uhr am vergangenen Tage eingenommen.

Er hatte die Reise in zwei Etappen zurückgelegt. In Bologna hatte er sich ein paar Stunden aufgehalten und den Zug spät in der Nacht genommen, um nicht am Abend spät in Venedig anzukommen und im Hotel übernachten zu müssen. Übernachten mit zwei Lire fünfzig?

Etwas wirr im Kopf verließ er den Bahnhof.

Langsam wachte der Canal Grande auf. Der Nebel ließ ihn noch unwirklicher erscheinen.

Die ersten Morgendampfer schleppten ihre Positionslichter auf dem öligen Wasser von einer Anlegestelle zur anderen.

Es war nicht das traditionelle Venedig der Filme, sondern ein alter Stich hinter abgeschmirgeltem Glas. Es war auch ein Venedig, das ein bißchen zu kalt war für Paolos Mantel.

Die Calli* in Venedig zerfallen in zwei Gruppen: Auf der einen gehen alle einher, auf der andern überhaupt niemand.

Paolo merkte, daß alle, die keinen Dampfer oder keine Gondel benutzten, sich nach links wandten.

Er schaute auf den Namen der Gasse: Rioterrà Lista di Spagna.

Die Benennung war ihm fremd, gefiel ihm aber. Er bildete sich ein, in einem exotischen, wunderlichen Land zu weilen und ging mit raschen Schritten, um Körper und Seele zu erwärmen, durch die Rioterrà Lista di Spagna.

Die vier Säulen auf der ersten Brücke versetzten ihn in gute Stimmung. Er blieb stehen, um den fremd- und

* Venezianischer Dialektausdruck für *Gasse*.

rauhklingenden Stimmen der Männer zuzuhören, die aus großen Kähnen des Cannaregio Kohlköpfe in solchen Mengen ausluden, daß er dachte:

»Venedig ist eine Stadt, die nur von Kohl lebt.«

Lächelnd überschritt er die zweite Brücke. Bei der dritten lachte er hell auf.

Dieses Auf- und Niedersteigen schien ihm ein Spaß, den sich die Stadt ausdrücklich für ihn ausgedacht hatte. Und er verstand sich auf Spaß.

Venedig kam ihm ganz anders als im Film vor. Dort erscheint stets im Vordergrund eine Gondel, während das Orchester eine Barkarole von Tosti spielt.

In diesen ersten Morgenstunden sang ihm die Stadt eine Melodie, die mit Filmmusik gar nichts zu tun hatte.

Es war eine Melodie aus einem eigentümlichen Klippklapp: aus dem Geräusch von Holzpantinen, die über die Steinplatten der Gassen schepperten. Das klang selbst in dieser kalten und etwas nebligen Stunde recht lustig.

Außerdem war das Klippklapp ein guter Führer, und Paolo ließ sich beinahe instinktmäßig in die Gäßchen führen, wo es am lautesten widerhallte.

Es kamen nur wenige Männer vorüber, dafür um so mehr Frauen. Sie waren in schwarze Umhängetücher gehüllt und trotteten auf ihren Pantinen mit den hellklingenden Holzsohlen davon.

Paolo stieß auf immer neue kleine Brücken, die sich über die Kanäle wölbten. Er überschritt sie mit dem gleichen Vergnügen, als hätte man ihm zum Scherz ein großes Paket zugeschickt, in das immer kleinere Päckchen eingewickelt sind – und die er nun alle der Reihe nach auswickelt –, neugierig, was am Ende wohl herauskommen möchte. Die gewundene, von tausend Brücken unterbrochene Straße mußte doch schließlich irgendwo enden, wo keine Brücke mehr war.

Durch die Kanäle glitten die schmalen Boote, welche die Venezianer »Mäuse« nennen, vielleicht wegen des spitz zulaufenden Stevens, der in einem großen Messingknauf endet: wunderliche Wassermäuse mit einem einzigen Auge auf der Nasenspitze.

In den »Mäusen« befanden sich nur Männer.

Darauf stellte Paolo sich Venedig wie eine bizarre Amphibienstadt vor, wo die Männer die Wasser- und die Frauen die Landtierchen sind.

Nach dem Ponte dell'Olio winkte eine Bar, hinter deren trüben Scheiben eine Espressomaschine blinkte und ihn zum Eintreten verlockte.

Als Paolo wieder hinausging, war sein Magen durch einen guten Kaffee erwärmt und seine Taschen um sechzig Centesimi leichter.

Endlich hörten die Brücken auf.

Paolo überschritt einen Brückenbogen und befand sich auf einem Platz, der ihm sofort bekannt vorkam, weil er so unverkennbar ist, daß ihn selbst diejenigen kennen, die noch nie in Venedig waren: der Markusplatz. Er sah grau aus im ersten morgendlichen Schimmer; von den bunten Farben der Mosaiken auf der Vorderfront der Basilika ging ein erstes gedämpftes Leuchten aus.

Weiter hinten, jenseits der beiden Säulen der Piazzetta,

ruhte die Insel San Giorgio auf einem dünnen Spiegel aus Alabaster, der von unten erleuchtet war: die Lagune.

Paolo ging bis ans äußerste Ende des Platzes, wo die Gondeln reihenweise auf dem Wasser schlummerten und im rhythmischen Auf und Nieder mit den Eisenzinken am Steven wie abwehrend nickten.

Und da fühlte sich Paolo Rubini mit einer Lira neunzig in der Tasche wirklich reich.

Er fühlte sich reich durch das Schauspiel, das ihm Venedig in seiner Großmut bot: durch die Lagune, die Fata Morgana einer Stadt, die in einem blaßrosa Himmel schwebt; selbst das Wasser schien Äther zu sein und färbte sich wie der Himmel allmählich immer stärker.

Paolo sog all das Licht in sich ein, das ihn mit immer hellerem Goldschimmer blendete. Er fühlte sich so glücklich, als gehörte alles ihm.

Zwei langsame Glockenschläge veranlaßten ihn, sich zum Uhrenturm umzuwenden.

Die großen Mohren hämmerten ihm zu Ehren acht Schläge auf die Glocke.

Paolo erkundigte sich bei einem Vorübergehenden nach dem Weg. Mehr aus der Handbewegung, die ihm die Straße wies, als aus der im Dialekt gegebenen Erklärung verstand er, daß sich die Ausstellung dort hinten zwischen den Bäumen befand, die mit dem Wasser verschmolzen.

Er schlenderte die Mole entlang. Auf dem Ponte della Paglia blieb er stehen, um sich den gedrungenen Marmorbogen über dem noch dunklen Kanal anzuschauen, der den traurigen Namen Seufzerbrücke führt, aber fröhlich ausschaut.

Dann ging er die Riva degli Schiavoni am Ufer der Lagune weiter, die sich mit Menschen und Farben belebte.

Die Ausstellung wurde erst in einer Stunde geöffnet, und Paolo machte sich gemächlich auf den Weg, das Stück Festland zu durchstreifen, das die Venezianer Giardini nennen.

Er kam an eine Kirche, ohne eine Ahnung davon zu haben, daß es S. Pietro di Castello war.

Er trat ein. Ein dumpfes Gewirr von Stimmen ließ ihn vergessen, daß er sich an einem heiligen Ort befand. Etwa in der Mitte der Kirche war ein Dutzend Touristen – allem Anschein nach Engländer – um einen Herrn versammelt, der wohl wegen seiner Größe dazu ausersehen war, seinen Gefährten die Erklärungen aus dem Baedeker vorzulesen.

Paolo näherte sich der Gruppe, um auch etwas zu profitieren, und hörte, daß die Kirche dreieinhalb Jahrhunderte lang die Kathedrale gewesen war; Napoleon hatte ihr dann im Jahre 1807 die Würde abgenommen, um sie S. Marco zu verleihen.

Danach las der Gruppenführer im Buch nach, und als er den dort erwähnten Marmorthron entdeckt hatte, zeigte er mit erhobenem linken Arm darauf und verharrte unbeweglich in dieser Stellung. Für einen Staatsanwalt, der den Verbrecher anklagt, war er zu mager; eher ähnelte er einem Signalmast der Eisenbahn, der mit ausgestrecktem Arm geschlossene Fahrt anzeigt.

Dieser Marmorthron, so verkündete der Baedeker durch den Mund seines hochaufgeschossenen Interpreten, stammt aus Antiochien, die Verzierungen sind arabisch mit Versen aus dem Koran in kufischen Buchstaben.

Ein Dutzend Gesichter beiderlei Geschlechts neigte sich über die Buchstaben, um sie mit um so größerer Aufmerksamkeit zu studieren, je unverständlicher sie waren.

Eine Miss, neugieriger und blonder als ihre Gefährtinnen, fragte:

»Steht im Führer keine Übersetzung der Verse?«

Der britische Gardekürassier in Zivil ließ den Arm demütig sinken, als ob der Mangel im Baedeker seine eigene Schuld wäre.

Paolo fiel eine Szene aus einem Film ein, der in Arabien spielte, und den er vor ein paar Wochen übersetzt hatte. Ein junges Ehepaar stand in einer Moschee vor einer Inschrift, die der Wächter erklärte.

Paolo erinnerte sich ziemlich genau an den englischen Text; es mußte tatsächlich ein Vers aus dem Koran sein.

Er wiederholte ihn mit lauter Stimme, ohne zu überlegen, ob er ihn für sich selbst oder für die Touristen aufsagte:

»Warum um ein Wunder flehen, wenn die ganze Natur ein Wunder ist?«

Ein Dutzend Gesichter wandte sich ihm bewundernd zu; er wußte nicht, ob die Bewunderung ihm galt oder der Weisheit Mohammeds, Allahs Propheten.

Nun war er freilich verpflichtet, noch etwas mehr zu sagen.

Ein Freund von ihm, ein Journalist, der viel gereist war und vieles gesehen hatte, hatte Paolo einmal erklärt, die

Wißbegierde der Touristen sei je nach der Nation sehr verschieden.

Die Deutschen wollen vor allen Dingen das Datum und den Künstler wissen; die Franzosen geben sich mit dem Jahrhundert oder wenigstens mit dem Stil zufrieden; die Amerikaner interessiert der materielle Wert der Dinge, die sie sehen; die Spanier oder Südamerikaner wollen gar nichts wissen; den Engländern und besonders den Engländerinnen macht es hingegen ein unbändiges Vergnügen, Geschichten über die Gegenstände zu hören.

Paolo mußte etwas sagen, nachdem er so trefflich begonnen hatte.

Und da ein arabischer Thron in einer venezianischen Kirche nicht gerade etwas Alltägliches ist, erzählte er eine merkwürdig verwickelte Geschichte von Krieg und Liebe.

Außer dem gigantischen Gruppenführer, der offensichtlich verärgert war, lauschten alle Touristen, und ganz besonders die Frauen, mit höchstem Interesse auf die Erzählung, die Paolo in beinahe fließendem Englisch hervorsprudelte.

Er brach ab, um die Wirkung zu beobachten.

Es war klar, daß niemand von den Zuhörern im Vereinigten Königreich oder irgendwo anders den Film der Openmouthed Picture Co. gesehen hatte, dem er seinen spannenden Stoff verdankte.

Die Touristen ließen den Giganten allein in der Kirche zurück und folgten Paolo ins Freie, der sich in der Schlußszene bemühte, die Filmhandlung mit dem Marmorthron aus Antiochien in überzeugender Weise zu verknüpfen.

Es gelang ihm geradezu ideal.

Die Herren und Damen schüttelten ihm herzlich die Hand, und jeder ließ dabei diskret ein Geldstück zurück.

Die Zeit hält nicht Wort

Der Wohnsitz einer Person ist derjenige Ort, wo sich der Hauptsitz ihrer Tätigkeit und Interessen befindet.

Bürgerliches Gesetzbuch, S. 16

Der erste Morgenzug aus Venedig kommt in Rom 7 Uhr 20 an.

Er fährt 14 Uhr 35 in Venedig ab.

Auf dem Vorderdeck des Dampfers winkte Paolo dem Canal Grande, der sich ihm jetzt in einem ganz anderen Lichte zeigte, ein Lebewohl zu. Er sah bunt und fröhlich aus, weil er von Gondeln, Dampfern und Motorbooten belebt war und die Sonne so hell schien. Aber auch weil Paolo gut zu Mittag gegessen hatte und noch über dreißig Lire besaß.

Seltsamer Zufall: Er hatte beinahe die gleiche Summe wie bei seiner Abfahrt aus Rom.

Bisher hatte ihn der Ausflug also nichts gekostet.

Er verließ Venedig mit einem leisen Bedauern. Nachdem er jetzt einen Teil der Stadt kennengelernt hatte und Magen und Geldbeutel sich besser befanden, tat es ihm leid, abfahren zu müssen, ohne mehr von der Stadt gesehen zu haben.

Er dachte mit Bitterkeit an sein Tischchen in der Openmouthed Picture Co., das er unverändert vorfinden würde.

Die Kollegen und der Bürovorsteher würden ihn sicher

mit Spannung erwarten. Sie hatten sich ja gewiß schon über das Telegramm aus Orvieto gewundert. »Schwerwiegende Gründe erfordern meine Anwesenheit in Venedig. Bitte Fernbleiben entschuldigen. P. R.«

Er hatte nach dem Mittagessen einige Ansichtskarten mit Grüßen aus Venedig verschickt. Sie würden wohl erst nach ihm ankommen.

Aber der Nimbus des Reisenden, des Mannes mit den »schwerwiegenden Gründen«, würde sich bald verlieren.

Und es begann wieder das ewige Einerlei ohne Abwechslung und Ziel.

Wie mannigfaltig war dagegen der Canal Grande! Er wäre am liebsten am Bug des kleinen Dampfers stehen geblieben und immer weitergefahren, um irgendwohin zu kommen oder auch nirgendwohin, aber jedenfalls immer weiter.

Doch da tauchte schon die unselige Eisenbrücke auf, die er wiedererkannte, weil er sie bei seiner Ankunft gesehen hatte. Sie war die am wenigsten charakteristische Brücke auf dem ganzen Canal Grande – ein rechter Vorbote der Eisenbahn.

Der Dampfer näherte sich der vorletzten Anlegestelle. Auf dem Häuschen aber stand ein Schild mit einem traurigen Namen: St. Jeremias.

Der Steuermann rief vom Kommandohäuschen sein »Halt« in den Messingtrichter, und die Maschinen schwiegen. Das Schiff glitt noch aus eigener Kraft leise dahin, wobei es sich ein wenig nach rechts neigte. Es sah aus, als wolle es schon jetzt die Fahrgäste ausladen, die sich am Steuerbordausgang drängten, wenn man bei einem Schiff, das wie ein Spielzeug aussieht und als Straßenbahn dient, überhaupt von Steuerbord reden kann.

Nun schien es, als wollte der Dampfer eine Gondel rammen, die gleichfalls der Anlegestelle zusteuerte.

Paolo fürchtete schon für die beiden Mädchen, die in der Gondel saßen. Der Bug des Dampfers näherte sich immer mehr.

Aber der Zusammenstoß erfolgte nicht. Mit einem geschickten Ruderschlag drehte der Gondoliere, vornübergebeugt am Heck stehend, rasch ab. Im gleichen Augenblick wurden die Gesichter der beiden jungen Mädchen sichtbar.

Paolo fühlte, wie von seinem Herzen bis zur Kehle der schwache Widerhall eines oder vielmehr zweier »Oh« in ihm aufstieg; des einen im Speisewagen und des andern am Bahnhof zu Orvieto.

In einem der beiden Mädchen hatte er seine Tischnachbarin, die unbekannte Engländerin, wiedererkannt. Sie!

»Zuuurück!« rief der Steuermann in den Messingtrichter, und die Schraube summte, um den Dampfer zum Halten zu bringen.

»Zurück!« wiederholte Paolo bei sich selbst. Rasch lief er zwischen den Bänken hindurch, trat hier auf einen venezianischen, dort auf einen ausländischen Fuß, und sprang auf den schwankenden Landungssteg.

Den Schaffner, der ihn zurückhielt, um ihm den Fahrschein abzuverlangen, hätte er am liebsten ins Wasser geworfen. Komische Gegend, wo man das Straßenbahnbillett zurückgeben muß, auch wenn man keine Minute Zeit zu verlieren hat und der Fetzen Papier sich wer weiß wo verkrochen hat!

»Da, endlich!«

Paolo überquerte den schaukelnden Steg und suchte die Gondel.

Die beiden Mädchen waren schon auf dem kleineren Landungssteg ausgestiegen. Die größere von beiden, seine Unbekannte vom Speisewagen, sprach mit dem Gondelführer, der aussah, als verstünde er sie nicht und widerspräche ihnen.

Vielleicht, dachte Paolo, will der Gondoliere die beiden Ausländerinnen übervorteilen. Mit ein paar raschen Schritten stand er neben ihnen, lüftete den Hut und fragte seine schöne Unbekannte aus dem Speisewagen in etwas unsicherem Englisch:

»I hope this man was not impolite with you!«

Dann wandte er sich, ohne Antwort abzuwarten, an den Gondoliere und verwies ihn mit autoritärer Stimme:

»Erlauben Sie sich ja nicht, den beiden Damen mehr abzuverlangen, weil sie Ausländerinnen sind!«

Er vernahm nicht einmal die Antwort des erstaunten Gondoliere. Sein kaum hörbares Gemurmel in venezianischem Dialekt wurde von einem jugendlich schallenden Gelächter übertönt.

Die schöne Unbekannte und ihre Begleiterin lachten und lachten aus vollem Halse, obwohl sie sich offensichtlich alle Mühe gaben, den zuvorkommenden Herrn, der ihnen zu Hilfe geeilt war, nicht übermäßig zu kränken.

Auch der Gondoliere schaute ihn fragend an. Dann zuckte er die Achseln, stieg wieder in seine Gondel und fuhr ab.

Die beiden Mädchen lachten noch immer, jetzt freilich in kurzen Salven.

Paolo, den Hut in der Hand, hatte das Empfinden, er müsse höchst lächerlich wirken, und wurde aus Angst, rot zu werden, puterrot.

Er entschuldigte sich, indem er sich an die schöne Unbekannte wandte (die andere war für ihn ein Fremdkörper, der ihn in keiner Weise interessierte):

»I beg your pardon, Miss«, murmelte er, »but I thought that ...«

Mit einer kleinen Handbewegung, während ein neuer Lachanfall sie am Sprechen hinderte, schnitt ihm das Mädchen das Wort ab. Es gelang ihr unter größter Anstrengung, sich einen Augenblick lang zu beherrschen, und nach einem tiefen Atemzug, während sie wieder zu lachen anfing – diesmal ungezogen und Paolo mitten ins Gesicht –, erwiderte sie nur:

»Oh!«

Dann hakte sie sich bei ihrer Begleiterin ein und entfernte sich mit ihr. Sie gingen fast im Laufschritt auf den Fondamenta dem Kanal entlang.

Paolo blieb mit dem Hut in der Hand auf der Piazzetta stehen. Zu seinem Glück waren keine Zuschauer da.

Seine erste Regung war, den beiden Mädchen zu folgen.

Er setzte den Hut auf, rührte sich aber nicht vom Fleck. Er hätte sich noch lächerlicher gemacht.

Er schaute ihnen unbeweglich nach, wie sie die Brücke über den Kanal erreichten. In der Mitte der Brücke wandte sich die eine – nicht die schöne Unbekannte, sondern die andere, der Fremdkörper mit dem hellen Hütchen – einen Augenblick lang um, gewiß, um nach ihm Ausschau zu halten ...

Dann stiegen die beiden Gestalten hinunter und verschwanden hinter einer Brücke mit vier bizarren Marmorsäulen. Es waren die gleichen, die ihn heute morgen in so gute Laune versetzt hatten.

Jetzt schienen sie sich über ihn lustig zu machen.

Langsam schritt auch er über die Fondamenta dem Kanal entlang und erreichte die Brücke.

Er war schon nach seiner Ankunft hier durchgekommen und wußte, daß er nach links halten müsse, wenn er rechtzeitig zum Zug um 14 Uhr 35 am Bahnhof sein wollte, der nicht weit entfernt sein konnte.

Er mußte also nach links einbiegen.

Aber Paolo wandte sich nach rechts, überschritt die Brücke und schlug langsam wieder denselben Weg ein, den er am Morgen gegangen war.

Wer sucht, der wird nicht finden

Venedig: Einwohnerzahl 170830
Zählung vom Jahre 1936

Nur für einen Venezianer ist der Markusplatz eine richtige Piazza.

Ein Nichtvenezianer hingegen – ganz gleich woher er kommt – hat auf diesem weiten Rechteck ohne Fahrzeuge und Motorengeräusche das Gefühl, sich auf dem großartigen Hofe eines Patrizierpalastes zu befinden und am Abend in einem riesigen, erleuchteten Saal, dessen Decke für die festliche Gelegenheit entfernt ist.

Der Nichtvenezianer fühlt sich daher zu Gast, nicht wie in einer Stadt, sondern wie in einem Privathause, das großzügig und prächtig eingerichtet ist wie ein Königsschloß.

Die kleinen Cafétische stören. Sie sehen aus wie irgendwelche nützlichen Gegenstände zur allgemeinen Verfügung des Publikums.

Sie sind genau so fehl am Platze wie ein roter Briefkasten in einem eleganten Damensalon oder wie die öden, grüngestrichenen Holzbänke aus den öffentlichen Anlagen in einem großen Speisesaal aus dem Cinquecento.

An einem dieser wackeligen Dreifüße, die als Stütze für die großen unglückseligen Platten dienen und beim leisesten Stoß metallisch klirren, saß Paolo Rubini.

Er war bis zum Abend ohne topographisches Ziel umhergeirrt, nur von dem idealen Ziele beseelt, die schöne Unbekannte wiederzufinden.

War er in sie verliebt?

Etwa wie vom Blitze getroffen, wie die Franzosen sagen und damit ein Phänomen vereinfachen, das mit Elektrizität nichts zu tun hat?

Ehrlich gesagt, nein. Auch die vom Blitze getroffenen Verliebten entzünden sich nicht am Funken. Liebe kann zwar auf einen Schlag vergehen, aber sie wächst nur allmählich.

Wenn schon ein elektrischer Vergleich erlaubt ist: Der Zustand der Verliebtheit gleicht einem Akkumulator, der mit Energien geladen wird.

Mehr oder weniger rasch, nie aber plötzlich.

Am Anfang ist es nicht wirkliche Verliebtheit; es sind nur die ersten Veränderungen in einem magnetisch geladenen Kraftfeld.

Manchmal wird man sich des Phänomens bewußt und unterbricht die Leitung. Dann bleibt im Akkumulator des Herzens ein kleiner Restbestand prickelnder Energie zurück, der allmählich vergeht.

Ein andermal verliebt man sich vor allem in diesen neuen Zustand und läßt zu, daß das Potential zunimmt.

Hätte man an Paolos Herz einen Liebesvoltameter angebracht, so hätte er noch keine besorgniserregenden Grade angezeigt. Aber langsam begann der Zeiger zu steigen.

Wäre Paolo dem gleichen Mädchen auf einer Straße in Rom begegnet, so wäre er wahrscheinlich einen kurzen Augenblick stehen geblieben, um ihre schlanke Figur zu bewundern. Dann hätte er seinen Weg zum Büro der Openmouthed Picture Co. ruhig fortgesetzt.

Es war gewiß nicht das erste elegante und hübsche Mädchen, dem er in seinem Leben begegnet war.

Doch sie hatte etwas ganz Eigentümliches an sich, das den besonderen Umständen zuzuschreiben war und auf äußeren Ursachen beruhte.

Sie gehörte mit zu seinem wunderlichen Abenteuer. Sie war die Unbekannte, die auf rätselhafte Weise dreimal erschienen war und Paolos Weg gekreuzt hatte.

Und jedesmal hatte das Mädchen aus drei völlig verschiedenen Anlässen nur eine Silbe gesagt: »Oh!«

In Paolos Herzen hieß die schöne Unbekannte jetzt süß und geheimnisvoll »Oh«.

Vor allem bedrückte ihn die sonderbare Heiterkeit bei der letzten Begegnung.

Warum hatten die junge Dame und ihre Begleiterin so gelacht?

Daß sie ihn so unerwartet wiedersah, konnte ihr zwar merkwürdig, doch nicht komisch vorkommen.

Der Eifer, mit dem er ihr zu Hilfe eilte – was wollte denn eigentlich bloß der Gondoliere? – mochte vielleicht übertrieben sein, doch nicht lächerlich.

In allen Filmen, die er übersetzt hatte, gab es merkwürdige Situationen, aber keine schien ihm so rätselhaft wie diese.

Um sich zu trösten, dachte er an einige Verwicklungen im Film, in denen ein Geheimnis auf ganz unerwartete Weise aufgeklärt wurde.

Ob es sich hier vielleicht um eine ähnliche Situation handelte wie im »Schloß der siebenundfünfzig Lampen?« Auch dort war sie eine Unbekannte, die er an Bord eines

Überseedampfers kennenlernte. Ein Überseedampfer ist zwar kein Speisewagen, aber er trifft sie schließlich im zweiten Akt beim Anwalt wieder ... Sie sind beide Erben desselben alten Onkels, der noch gar nicht tot ist ... Und am Ende heiraten sie sich ...

Nein, »Das Schloß der siebenundfünfzig Lampen« half Paolo bei seinen Überlegungen nicht weiter.

Es war wenig wahrscheinlich, daß er seine Unbekannte in einem Anwaltsbüro wiedersehen würde. Und was die Erbschaft betraf ...

Paolo hatte weder in Amerika noch sonstwo Onkel und überhaupt keine näheren oder entfernteren Verwandten.

Wenn er das Mädchen mit dem dreifachen »Oh« wiederfinden wollte, mußte er sie schon anderswo als auf den Spuren einer Erbschaft suchen.

Andere Filme, an die er sich erinnerte, handelten von Abenteuern in den Pampas, unter Cowboys oder von Verfolgungen in der Untergrundbahn von New York, um das geliebte Mädchen aus den Händen von Gangstern der düsteren Bande vom »Verstümmelten Daumen« zu befreien. Oder man mußte sie im Dschungel suchen und aus den Klauen des schrecklichen Tigers retten, der schon auf den Baum geklettert ist und – im Zeitlupentempo, um die Szene zu verlängern – auf den Ast zuschleicht, wohin sie sich geflüchtet hat. Ein Schuß, und der Tiger bricht zusammen. Aber auch das Mädchen stürzt ohnmächtig in die Arme ihres Retters, um die Augen in der Großaufnahme am Schluß wieder aufzuschlagen.

Oder der kühne Jüngling dringt mit erhobenem Revolver in den geheimnisvollen Hindu-Tempel ein, wo sie gerade der grausigen achtarmigen Göttin geopfert werden soll. »Hände hoch!« – und der Held trägt das Mädchen hinweg und dazu den großen Diamanten aus dem Tempelschatz zwecks Liquidierung seiner Spesen.

Aber wie sollte Paolo sie in diesem Stadtlabyrinth wiederfinden, wo es weder Geheimgesellschaften noch Tempel der finsteren Göttin Kali gab? Nicht einmal schreckliche Wasserfälle gab es, auf die das Kanu zusteuert, in dem sich das Mädchen befindet: er aber wirft ihr vom Ufer das Lasso zu, das ihre Hüften umschlingt, während das zerbrechliche Fahrzeug im Abgrund zerschellt ...

Aus den Filmen fiel ihm leider nichts ein, was ihm in Venedig hätte helfen können, Fräulein »Oh« wiederzufinden. Sollte er sich an ein Auskunftsbüro wenden? Und unter welchem Vorwand? Oder vielmehr: mit welchem Geld?

Paolo lachte ironisch über sich selbst, wenn er an seinen mageren Geldbeutel dachte, der alles andere als ausreichend für die Finanzierung einer Sherlock Holmes'schen Suchaktion war. Es reichte eben für ein ganz bescheidenes Abendbrot in einem drittrangigen Restaurant und für die Heimreise nach Rom mit dem letzten Nachtzug.

Das allerdings: Paolo war entschlossen, seinen unerwarteten freien Tag bis zur Neige auszukosten.

Die Gelegenheit einer Reise nach Venedig war für ihn schon eine Seltenheit; die Begegnung mit der Unbekannten aber war eine noch seltenere Begebenheit.

Er wollte einmal seinen Film selber erleben statt ihn nur für das Kino zu übersetzen.

Sein Freund, der Journalist, der viel gereist war oder mindestens so tat, hatte einmal zu ihm gesagt:

»Wenn zwei in Venedig sind, treffen sie sich zu guter Letzt mit Sicherheit auf dem Markusplatz.«

Waren er und die schöne Unbekannte etwa nicht zwei?

Er würde sie also auf diesem Platz treffen, der sich immer mehr belebte. Und er wollte den schönen Platz so lange absuchen, bis er sie fand, denn wenn sein Kollege nicht gelogen hatte, so mußte sie ja kommen.

Er zahlte. Die Rechnung spannte seine finanziellen Kräfte nicht ernstlich an.

Er durchsuchte seine Brieftasche in der Hoffnung, eine vergessene Banknote zu finden.

Seit seiner Abreise aus Rom war alles möglich. Auf unerwartet wunderbare Weise ebnete das Schicksal überall seine Wege.

Aber er fand nichts als seinen Personalausweis und einige wertlose Notizen, die nach dem Gesetz der Trägheit in jeder Brieftasche hängen bleiben.

Das einzige Wertpapier war das rechteckige grüne Stück Pappe, das ihn nach Venedig geführt hatte und ihn nach Rom zurückführen würde.

In großen Buchstaben, die er bisher weiter nicht beachtet hatte, war der Aufdruck zu lesen. Er wirkte wie eine Versuchung:

Gültig 10 Tage

Denn Zeitvergeuden freut am meisten den, der am wenigsten davon weiß

Der Torheit Tochter ist das Staunen
Wie der Weisheit Mutter.
Metastasio, Themistokles, I, 1

Sein Freund, der Journalist, hatte nicht gelogen. Wenn zwei in Venedig sind, treffen sie sich zu guter Letzt mit Sicherheit auf dem Markusplatz.

In Rom kommt es ganz selten vor, daß der Vater dem eigenen Sohn anderswo als zu Hause oder vor der Tür begegnet.

Wenn man in Neapel tagelang über den Largo S. Ferdinando spaziert, in der Hoffnung, dort einen Freund anzutreffen, dessen Adresse man nicht weiß, so kann man sicher damit rechnen, daß er in diesen Tagen nur auf dem Vòmero, in der Via Caracciolo oder auf der Arenella, wenn nicht gar in Fuorigrotta und auf den Granili umgeht. Eine geheime Kraft – die gleiche, die zwei elektrisch geladene Körper mit derselben Spannung voneinander abstößt – entfernt ihn magnetisch von dem Orte, an dem man ihn sucht.

Auf der Piazza De' Ferrari in Genua trifft man niemals einen Bekannten.

Die Stadt hat noch dazu zwei große Bahnhöfe. Man verläßt den Zug an der Piazza Principe; der Zug fährt weiter, und am nächsten Bahnhof, in Brignole, steigt der

Freund, der Bekannte oder Verwandte ein, der gerade an dem Tage abreist, an dem man ihn in Genua besuchen will.

Es ist eine Art Eisenbahnspiel, das immer gelingt, nur daß man es erst ein paar Tage oder Monate später erfährt.

Daß die Quattro Canti der Mittelpunkt Palermos seien, ist eine Legende, die sich sehr bald als falsch erweist.

Auch unter den Lauben der Piazza Castello in Turin soll man niemals jemanden suchen, den man an seinem gesetzlichen Wohnsitz nicht angetroffen hat. Selbst wenn er sich unter den Lauben aufhält, wird man ihn nicht sehen. Schon seit den ältesten Zeiten, als Turin noch Augusta Taurinorum hieß, gehen die Turiner rechts, und diese Gewohnheit hat sich verstärkt, seitdem man laut Anordnung der Stadtverwaltung links zu gehen hat. Die beiden Fußgängerprozessionen unter den Lauben der Piazza Castello bewegen sich getrennt voneinander in umgekehrter Richtung wie die beiden Menschenströme im Tale Josaphat: die Guten und die Bösen, die miteinander nicht in Berührung kommen können.

Nur in Mailand und in Venedig gibt es einen magnetischen Punkt, von dem zwei Menschen, die sich kennen, unwiderstehlich angezogen werden:

die Galleria in Mailand, die uns aber für den Fall Paolo Rubini nicht interessiert,

und den Markusplatz in Venedig, der von höchster Bedeutung ist, was unsern Helden betrifft.

Paolo hatte noch nicht die Hälfte der Säulengänge unter den Prokuratien hinter sich gebracht, als vor ihm ein wohlbekanntes Gesicht auftauchte.

Sein Freund hatte also recht: Wenn zwei in Venedig sind, treffen sie sich zu guter Letzt auf dem Markusplatz.

Paolo Rubini lächelte dem vertrauten Gesicht zu. Es lächelte zurück und bezeugte große Freude über die unerwartete Begegnung:

»Sieh einer an, wen man da in Venedig trifft!«

Das Gesicht war Paolo zwar vertraut, aber die Stimme war ihm völlig fremd.

Ohne Zweifel kannte er den hochgewachsenen eleganten Herrn mit den braunen Haaren und der großen Hornbrille, ja er kannte ihn bestimmt auch näher.

Er erwiderte den herzlichen Händedruck und rief ebenso erfreut:

»So eine Überraschung! In Venedig auch ...«

Auf seinen Lippen stockten zwei Fürwörter wie zwei Personen, die zur gleichen Zeit aus der Tür gehen wollen und zueinander »Bitte« sagen. Dann bleiben sie beide stehen, sagen gleichzeitig »Danke«, machen einen Schritt vorwärts, stoßen mit den Schultern zusammen und tasten wieder zurück, um Geste und Höflichkeitsformel zu wiederholen.

Die beiden Fürwörter, die nicht über Paolos Lippen wollten, waren »du« und »Sie«.

Unser Held konnte sich nicht entscheiden. Er wußte nicht mehr, bis zu welchem Grade die Vertrautheit mit dem Herrn ging.

Er wollte sich lieber nicht blamieren; denn ein Sie könnte lächerlich und ein Du indiskret sein.

Er formulierte den Satz so, daß er die Fürwörter vermied:

»Also in Venedig? ... Und ... was gibt's Schönes und Neues?«

Mit Spannung erwartete er von der Antwort einen Anhaltspunkt.

»Immer das gleiche«, sagte der freundliche junge Herr mit der großen Brille, »aber die Dinge gehen ganz gut.«

»Wieso immer das gleiche«, zerbrach sich Paolo den Kopf, während er freundlich anteilnehmend lächelte, weil die Dinge – welche Dinge? – des Freundes gut gingen.

Er fuhr fort zu lächeln und gab dem Freund einen freundschaftlichen Klaps auf den Arm. Ein Freund oder wenigstens ein guter Bekannter war er sicher, das wußte er genau. Denn seine Züge waren ihm durchaus vertraut. Aber klugerweise schwieg er.

Er dachte, irgend etwas muß er ja sagen. Jetzt ist er dran, mich zu fragen, was ich hier tue. Und er wird mich mit Sie oder mit Du anreden müssen. Soll er sich unnötigerweise blamieren.

Der andere bot ihm jedoch eine Zigarette an. Paolo tat, als sähe er es nicht. Er dachte: Jetzt muß er mich fragen: Rauchen Sie oder rauchst du? Und er wartete ab.

Der andere fragte ihn dagegen:

»Keine Zigarette?«

»Danke.« Die Zeremonie des Anzündens. Ein zweites »Danke« und ein »Bitte«.

Aber kein Fürwort war in Sicht.

Dann hakte sich der andere vertraulich bei Paolo ein und schlug vor:

»Wie wär's, wenn wir zusammen zu Abend äßen? Es würde mir Freude machen, einen Freund dazu einzuladen.«

»Ich muß mit dem letzten Zug nach Rom zurück.«

»Das paßt ja ausgezeichnet. Da haben wir Zeit genug. Ich will den Freunden in Rom ein paar herzliche Grüße senden. Wir gehen zum Abendessen und hinterher ins Kino. Dabei können wir uns ein wenig unterhalten. Es ist lange her, seit wir uns das letzte Mal gesehen haben. Wirklich zu nett, daß wir uns getroffen haben.«

Sie machten sich auf den Weg in Richtung S. Moisè, während sie sich über Venedig und Rom unterhielten ...

Es war vornehmlich der andere, der redete.

Paolo schwieg oder antwortete einsilbig, weil er ständig auf der Lauer lag. Vergeblich kramte er in seinem Gedächtnis und wartete auf ein Fürwort oder wenigstens auf einen Anhaltspunkt, auf die Spur einer Erinnerung ...

Nichts.

Sie aßen und kamen durch den milden Soavewein in beste Stimmung.

Ein Abendessen per du oder per Sie?

Paolo wußte es auch dann noch nicht, als der liebe Freund oder Bekannte darauf bestand zu zahlen:

»Wer in Venedig ist, ist mein Gast!«

Guter Rat kommt nicht über Nacht

Ich weiß nicht, wer dieser Karneades war.
St. Augustin, Contro Academicos, III, 7

Ringsum tiefe Dunkelheit, als Paolo erwachte.

Er hatte einen etwas schweren Kopf, wußte aber nicht wovon, denn als er kurz die Lage erkunden wollte, fand er sein Gedächtnis so gut wie leer.

Dann entdeckte er in der Dunkelheit einen kleinen Lichtspalt: ein geschlossenes Fenster.

Langsam öffnete sich auch in seinem Gehirn ein kleiner Spalt.

Paolo Rubini lag in einem Bett.

Es fiel ihm ein, bevor er es spürte.

Natürlich in einem Hotelbett.

Aber wo?

Paolo schlief wieder ein.

Er erwachte erst wieder, als der Fensterspalt heller erleuchtet war und sich auf dem Holze rötliche Äderungen abzeichneten, die durch den Widerschein der Sonne auf der Außenseite entstanden.

Jetzt war Paolos Kopf etwas leichter.

Zimmer und Gehirn waren ein wenig erleuchtet.

Plötzlich fiel es ihm ein: Er war mit dem unbekannten Freund Arm in Arm ins Hotel gegangen.

Eigentlich hätte er ihm böse sein müssen.

Aber es war im Augenblick nicht möglich, irgend etwas zu empfinden. Er konnte niemandem etwas übelnehmen.

Das Bett war herrlich warm und gemütlich.

Wie spät war es?

Keine Ahnung.

Sein Zug, mit dem er am Abend vorher hätte fahren müssen, war jedenfalls schon ziemlich weit weg.

Paolo stellte sich eine Landkarte mit einem kleinen schwarzen Schlänglein vor, das sich nach Rom hinunterwand ...

Er war also noch in Venedig.

So im Bett gefiel es ihm eigentlich recht gut.

Jeder Funke von Verstimmung gegen den unbekannten Freund, der schuld daran war, daß er den Zug versäumt hatte, verschwand. Um Paolo zu trösten, hatte er ihn erst zum Abendkonzert und dann in ein Nachtlokal geführt ...

Später hatte er ihn mit ins Hotel genommen:

»Zur Rückfahrt ist auch morgen Zeit.«

Wer war er denn bloß?

Hier versagte ihm sein Gedächtnis auch weiterhin den Dienst und hielt ihn zum Narren.

Das gesunde, fröhliche Gesicht des noch immer namenlosen Freundes, die Brille, seine Art sich zu bewegen waren ihm vertraut.

Er blätterte in seinem geistigen Erinnerungsbuch, wie es jeder von uns in Paolos Lage getan hätte; doch es versagte ihm jeden Anhaltspunkt.

Wie, wann, wo hatte er ihn nur kennengelernt?

Wieso waren sie eigentlich Freunde oder zum mindesten gute Bekannte?

Diese Seite im Erinnerungsbuch blieb unleserlich.

Wenn uns der Name eines Menschen nicht einfallen will, so meinen wir wenigstens, eine wenn auch undeutliche Vorstellung davon zu haben.

»Wie heißt er? Wie heißt er nur? Es ist ein ziemlich langer Name ... Augenblick mal ... Er muß mit S anfangen ... dann kommt ein o – nein, mehrere o sogar.«

Und wir raten: So, So-so, Soroni, Sonori.

Wenn wir so weit sind, glauben wir, den Namen auf der Zunge zu haben.

Endlich geht uns blitzartig ein Licht auf: Massaroni.

Deswegen war es uns, als begänne er mit S und hätte viele o.

Paolo fühlte jedoch, daß ihm auch diese Umwege, die manchmal tatsächlich zum Ziele führen, versperrt waren.

Er konnte sich durchaus nicht erinnern, den unbekannten Freund je mit Namen angesprochen zu haben.

Soviel er auch sein Gedächtnis durchstöberte: hier handelte es sich nicht um einen Menschen, dessen Name ihm entfallen war, sondern der für ihn nie einen Namen besessen hatte.

Er stand auf und öffnete das Fenster.

Vom zweiten Stock aus wirkte das herrliche Bild der Lagune noch gewaltiger.

Er vergaß das Nachsinnen über den Namen seines unbekannten Freundes und atmete die frische, goldene, würzige Luft ein. Er schloß die Augen, um die Sonne zu genießen. Durch die geschlossenen Lider stahl sich mit der Wärme des Lichts ein fröhliches Mädchenlächeln ein: die Tischgefährtin vom Speisewagen.

Rasch verschwand er wieder unter den Bettdecken, als jemand an die Tür klopfte.

Es war der Hoteldiener. Er kam wegen einer Formalität.

Paolo war nachts ins Hotel gekommen, ohne daß ihn jemand nach seinem Namen gefragt hatte. Jetzt mußte er den Zettel mit den Personalien ausfüllen.

Ihm war zumute, als schriebe er ein wichtiges historisches Dokument, nicht etwa wegen des Inhalts, sondern wegen der Umstände.

Bisher war er mit der Fahrkarte eines andern gereist und durch den Willen oder wenigstens durch den Einfluß eines andern im Hotel gelandet.

Jetzt aber war er es, er selbst in eigener Person, der auf dem Formular seine Anwesenheit in Venedig meldete.

Seine Unterschrift auf der Rückseite eines Schecks zur Einlösung bei der Bank hätte er wahrscheinlich weniger freudig gegeben.

Er schrieb mit fröhlichem Eifer:

Zuname und Vorname: Rubini Paolo

Name des Vaters: Giulio, verstorben

Alter: fünfundzwanzig

Beruf:

Hier zögerte er. »Privatangestellter« schien ihm zu gering. Etwas Falsches wollte er nicht angeben. Er schrieb, während die Augen des Hoteldieners wachsende Ehrfurcht ausdrückten, den Namen der Filmgesellschaft, von der er sein Gehalt bezog: The Openmouthed Picture Co.

Der Hoteldiener verbeugte sich und wollte sich mit

dem kostbaren Schriftstück entfernen, das in die venezianischen Archive wandern würde.

Paolo hielt ihn zurück. Von ihm würde er etwas über den unbekannten Freund erfahren können.

Aber die Frage war nicht leicht zu formulieren.

Wie sollte er es anstellen, ausgerechnet nach dem Namen des Mannes zu fragen, auf dessen Bürgschaft hin man ihn mitten in der Nacht und ohne Gepäck im Hotel aufgenommen hatte?

Unverhofft kam ihm sein Zahlengedächtnis zu Hilfe. Die Zimmernummer des Unbekannten fiel ihm ein. Er selbst hatte sie ihm am Abend vorher beim Abschied an der Tür gesagt:

»Gute Nacht und angenehme Ruhe! Bis auf morgen früh. Für alle Fälle: ich wohne auf Nummer 29.«

So konnte Paolo den Hoteldiener fragen, ob »Nummer 29« schon wach sei.

Dann verbesserte er die Frage durch einen Trick:

»Ich glaube, es ist 29. Wie heißt der Herr auf Nummer 29?«

Die Frage klang ein bißchen konfus, traf aber ins Schwarze.

»Nummer 29 schläft noch, glaube ich. Sie meinen Cavaliere Anselmi? Er steht immer sehr spät auf. Soll ich ihn wecken?«

»Nein, nein. Lassen Sie ihn ruhig schlafen.«

Der Hoteldiener ging.

»Lassen Sie ihn ruhig schlafen« hatte eine Bedeutung, die der Hoteldiener nicht ahnen konnte. Es sollte heißen: »Lassen Sie mir ein bißchen Zeit zu überlegen, wie ich nun vorgehen soll. Der Cavaliere Anselmi führt mich in sein Hotel. Er quartiert mich hier ein, ohne zu wissen, daß ich nach Bezahlung der Getränke von gestern abend nur noch vier Lire besitze. Cavaliere Anselmi behandelt mich als Freund. Ich schwanke noch immer, ob ich du oder Sie zu ihm sagen soll. Und doch bin ich sicher – sogar ganz sicher –, daß ich in meinem Leben nie einen Cavaliere Anselmi gekannt habe.«

Man soll den Tag vor dem Abend loben

Wie gering wäre die Zahl der Gelehrten, die sich der Astronomie widmen, wenn die Menschen nicht hofften, ihre menschlichen Geschikke am Himmel zu lesen.

Kepler, Harmonices Mundi, Buch V, 1619

Für das an einem schönen Frühlingsnachmittag begangene Verbrechen sieht das Strafgesetzbuch die gleiche Strafe vor wie für das Verbrechen in einer Sturmnacht.

Welche Ungerechtigkeit!

Wenn jemand auf einer sonnigen, blühenden Wiese einen Mord begeht, so verurteilen ihn die Richter zur gleichen Strafe wie den Mörder, der in einem dunklen, stinkenden Kellerloch seine Untat verübt.

Welch ein Irrtum!

Der alte Ta-tsching Lü-li strafte den Mandarin härter als den Unwissenden. Aber nicht einmal die von den ehrwürdigsten, juristischen Bärten des alten China kodifizierte Weisheit machte einen Unterschied zwischen einem Diebstahl, der an einem schönen Tage, und einem andern, der abends bei schlechtem Wetter begangen wird.

Jahrhundertealte Ungerechtigkeit!

Wäre die Lagune in kalten, feindseligen Nebel gehüllt gewesen, hätte Venedigs Himmel ununterbrochen trübe

Tränen geweint oder sich auch nur mit einem fahlen Grau bezogen: Paolo hätte keine Gewissensbisse gehabt.

Er wäre abgereist, froh darüber, eine trübselige Stadt und eine noch zu begleichende Hotelrechnung hinter sich zu lassen.

Wer hatte schließlich den unbekannten und doch wieder recht gut bekannten Cavaliere Anselmi veranlaßt, Paolo den Zug versäumen zu lassen und ihn in ein Hotel zu führen, das seine Finanzkraft überstieg.

Wenn jemand überhaupt eine Entschädigung verlangen dürfte, dann gewiß er, Paolo Rubini.

So jedenfalls hätte er bei anderen meteorologischen Verhältnissen, bei bedecktem Himmel und umwölkter Seele die Lage beurteilt.

Statt dessen schien die gleiche strahlende Wintersonne, die ihn auf der Piazza dell'Esedra in Rom verführt hatte, das Büro zu schwänzen.

All das goldene, warme Licht hatte ihm Angst vor seinem düsteren Bürozimmer eingejagt. Und jetzt ließ es ihn vor einer Handlung zurückschrecken, die, bei hellem Sonnenlicht besehen, seinem innersten Gefühl widerstrebte.

Er empfand Dankbarkeit gegen den prächtigen, liebenswerten Cavaliere Anselmi, als hätte dieser das wundervolle Spiel von Licht und Schatten in der Lagune, das fröhliche Treiben der Dampfer und Boote, Gondeln und Motorboote inszeniert, die kleine Wogenkräusel und fröhlich spritzenden Schaum auf dem Wasser bildeten.

Und vor allem darum, weil ihm der Cavaliere Anselmi die Möglichkeit verschafft hatte, das Mädchen mit dem dreifachen »Oh!« doch noch zu sehen.

»Oh!«

Er wiederholte es sich selbst dreimal und versuchte dabei, den Tonfall genau nachzuahmen, als hätte ihn diese treue Wiedergabe auf die rechte Fährte bringen können.

Er verließ das Hotel, nachdem er dem Portier aufgetragen hatte:

»Sagen Sie dem Cavaliere Anselmi, daß sein Freund von Nummer 37 fortgegangen ist. Ich möchte ihn nicht wecken. Aber ich komme gegen Mittag zurück – es kann auch eine halbe Stunde später werden.«

Dieser Auftrag erklärte zugleich, warum er das Hotel verließ, ohne die Rechnung zu erwähnen.

»Bleibt der Herr noch heute nacht?« fragte der Portier.

»Hm«, zögerte Paolo, »ich weiß noch nicht – das entscheidet sich erst am Mittag.«

Er wußte es tatsächlich nicht.

Aber eine innere Stimme sagte ihm, daß er mit Geld zurückkehren und überdies dem Mädchen mit dem dreifachen »Oh« bestimmt wiederbegegnen würde.

Auch die innere Stimme war gut gelaunt, weil der Tag so schön war.

Man darf ihr also die gute Laune nicht verübeln.

Aus der Tiefe unseres Unterbewußtseins dringen manchmal geheimnisvolle Stimmen, die uns machtvoll ankündigen, was in den nächsten fünf Minuten oder zwei Tagen geschehen wird.

»Geh diese Straße nicht! Sonst begegnest du einem unsympathischen Menschen oder dem und dem Gläubiger!«

Wir hören nicht auf die geheimnisvolle Stimme und

schlagen ihr zum Trotz den Weg ein, den wir vorhatten. Wir gehen also durch die ganze Straße, ohne einem unsympathischen Menschen oder dem gefürchteten Gläubiger zu begegnen.

Am Abend lesen wir in der Zeitung, daß ausgerechnet er von einem Taxi angefahren und auf tragische Weise ums Leben gekommen ist.

Was läßt sich aus dem merkwürdigen Zufall schließen?

Die Stimme des Unterbewußtseins sagte richtig Bescheid. Sie konnte freilich nicht wissen, daß der unselige Gläubiger ein so trauriges Ende finden würde. Wäre er aber nicht umgekommen, so wäre er bestimmt genau um diese Zeit die Straße entlanggegangen.

Es ist die gleiche Stimme, die uns plötzlich vor einem Maueranschlag haltmachen läßt, während eine geheimnisvolle Hand auf drei Zahlen weist: 21, 53 und 68.

Wir wollen weitergehen, aber eine andere Hand – die linke der beiden unsichtbaren Hände – hält uns zurück.

Und wir, die wir nie gespielt haben, gehen daraufhin in den nächsten Laden der Staatslotterie und setzen, dem Ratschluß des Unterbewußtseins folgend, 10 Lire »Terno secco« auf die Nummern 21, 53 und 68, Ziehung in Florenz.

Am Samstag abend, wenn wir den Vorfall schon fast vergessen haben, kommt uns das Gesamtergebnis der Ziehung vor Augen: 21 ist in Palermo, 53 in Venedig und 67 und 69 in Bari herausgekommen.

Diese Vorgänge bezeugen, daß die Stimme des Unterbewußtseins eine durchaus menschliche Stimme ist.

Wir irren so oft, wenn wir der Stimme des Bewußtseins gehorchen. Warum sollte nicht auch die Stimme des Unterbewußtseins einmal irren?

Paolo Rubini kehrte einige Minuten nach 12 Uhr ins Hotel zurück.

Er besaß genau eine Lira weniger als bei seinem Weggang.

Es war ihm nicht gelungen, sich Geld zu verschaffen.

Eine Reisegesellschaft, zu der er sich auf der Piazza Santa Maria Formosa gesellt hatte, wollte von seinem Anerbieten, die architektonischen Schönheiten und die historischen Erinnerungen der Kirche zu erklären, durchaus nichts wissen.

Dieser vergebliche Versuch hatte unseren braven jungen Freund ein wenig entmutigt. Er hatte sich schon darauf vorbereitet, mit froher Laune eine Legende vorzutragen, die sich für die gotische »Pforte des Paradieses« großartig eignete.

Und er mußte einsehen, daß es vergeblich sei, dem Glück nachzulaufen, wenn das Glück es sich in den Kopf gesetzt hatte, ihm nachzulaufen. Fortuna suchte ihn vielleicht in der Calle Lunga, während er glaubte, in der Ruga Giuffa oder dem anliegenden Gäßchen auf den Fondamenta von San Lorenzo oder längs des Rio dei Greci auf ihren Spuren zu sein.

Wenn das Wasser vom Rio dei Greci in der Sonne blitzt und die Schatten auf der Insel S. Giorgio sich deutlich abzeichnen, dann ist es genau 12 Uhr mittags.

Die Palazzi werfen keinen Schatten auf den Kanal. Der Campanile aus dem 16. Jahrhundert, der schiefste unter den Glockentürmen der Lagune, ist ein riesiger, müder Gnom, der so aussieht, als wollte er sich in den engen Kanal stürzen.

Paolo Rubini fand sich mit Hilfe der Lagune zurecht, die er in ihrer leuchtenden Weite am Ende des Rio erblickte, und kehrte zur Riva degli Schiavoni zurück. Von dem Mädchen hatte er keine Spur entdeckt. Aber vielleicht wurde sie ihm gerade darum immer teurer.

Cavaliere Anselmi erwartete ihn am Hoteleingang.

»Lieber Freund, ich muß mit Ihnen sprechen.«

Er nannte ihn nicht nur Freund, sondern sagte auch Sie.

»Trinken wir rasch einen Aperitif. Dann begleiten Sie mich, wenn es Ihnen recht ist, zur Bahn. Ich muß Sie um einen großen Gefallen bitten.«

Paolo Rubini unterdrückte mit Mühe ein Lachen, das ihn spontan ankommen wollte.

Weiß der Himmel warum – aber er glaubte, Anselmi wolle eine kleine Anleihe bei ihm aufnehmen und gewiß mehr als drei Lire, die Paolo in seiner rechten Hosentasche fühlte.

Er antwortete:

»Es freut mich, wenn ich Ihnen irgendwie behilflich sein kann.«

Dagegen freute er sich nur, daß er in seiner Unterhaltung mit dem Bekannten endlich ein persönliches Fürwort anwenden konnte.

Die gerade Linie bildet die längste Entfernung zwischen zwei Punkten

Mèta, metae: eine kleine Säule am Ende des römischen Zirkus, welche die Zweigespanne siebenmal umfahren mußten.
C. E. Georges, Lateinisches Wörterbuch

»Unter meinen Wäschestücken werde ich eine Erinnerung an Venedig besitzen.«

Mit diesem leise zu sich selbst gesprochenen Satz verließ Paolo Rubini das kleine Geschäft in der Calle Larga 22 Marzo und feierte die Einweihung eines neuen Kragens und den Verlust seiner letzten drei Lire.

Der Auftrag, mit dem ihn der Cavaliere Anselmi bei der Abfahrt betraut hatte, erforderte mindestens dieses finanzielle Opfer. Denn Paolo mußte vor Mr. Gowen, der halb drei Uhr mit amerikanischer Pünktlichkeit im Hotel Danieli sein würde, ordentlich gekleidet erscheinen.

Er tat, als ob er die Auslage einer Konditorei anschaute, um sein Spiegelbild zu betrachten, ohne daß die Vorübergehenden seine kleine Eitelkeit bemerkten. Die Likörflaschen erschienen im Spiegel verdoppelt. Von einem Cognac und einem Maraschino umrahmt, fand Paolo den Kragen so elegant, daß er seine Ausgabe nicht bereute.

Er rückte Schlips und Mantelkragen zurecht und fühlte sich wie neugeboren. Befriedigt über sein Spiegelbild machte er sich in Richtung S. Moisè auf den Weg.

Paolo war mit einem Orientierungssinn begabt, der ihm hier sehr zustatten kam. Er hatte es im Gefühl, welche Richtung er einschlagen mußte. Wenn er weiterging, so wußte er, würde er auf dem Markusplatz landen.

Und er wäre dort in der Tat nach wenigen Minuten angelangt, wenn er nicht von der ersten Brücke zur Parallelbrücke hinübergeschaut hätte, die ihm zur Rechten vor der leuchtenden Helle des Canal Grande lag.

Obwohl er gegen das Licht schaute, erkannte er sie, während sie die andere Brücke überschritt.

Sie!

Nur fünfzehn Meter trennten sie von ihm; aber es waren fünfzehn Meter Wasser, an dem Häuser standen, die senkrecht zum Kanal abfielen. Wie aus Ironie lief eben über dem Wasser ein kleines Marmorgesims entlang, das gerade ausreichte, um eine Katze vorbeizulassen.

Fünfzehn Meter unüberschreitbares dunkles, stilles Wasser, auf dem verloren ein Boot schlummerte.

Paolo lehnte sich gegen das Geländer, als wollte er seine Brücke gegen die andere schieben.

Das Mädchen mit dem dreifachen »Oh!« bemerkte seine Geste und fürchtete vielleicht, er sei ein Selbstmordkandidat.

Aber sie erkannte ihn. Sie machte eine kleine Bewegung, wie wenn sie ein rasches Lachen unterdrücken wollte, stieg die vier Stufen hinunter und verschwand hinter der Ecke des düsteren Gebäudes.

Aber diesmal würde Paolo sie einholen – koste es, was es wolle!

Er lief zurück und bog nach links in die nächste enge, dunkle Gasse ein, um dem Mädchen den Weg abzuschneiden.

Würde sie hier vorbeikommen, oder gab es weiter vorn einen anderen Durchgang?

Noch weiter links bog an der Ecke eine engere Gasse ein. Paolo lief darauf zu. Sie mußte unbedingt zu der Brücke führen. Statt dessen gelangte er zu einem engen Platz, der wie ein viereckiger Hof aussah.

In der Mitte spielten zwei Kinder mit Steinen.

Und die Brücke?

»Wo ist die Brücke?« fragte er die beiden Kinder. Sie schauten ihn so verängstigt an, wie wenn er sie beschuldigt hätte, eine Brücke gestohlen und sie irgendwo versteckt zu haben.

Der Kleinere brach in Weinen aus. Darauf kam eine dicke Frau wie eine Glucke herbeigelaufen, die ihre Küken verteidigen will.

Paolo machte ihr klar, daß er kein raubgieriger Sperber sei, sondern ein Fremder, der eine Brücke suchte.

Das genügte, um die Glucke mit den klappernden Pantinen zu beruhigen. Sie erwiderte lächelnd in reinstem Venezianisch:

»Die Brücke? Es gibt eine Menge Brücken in Venedig!«

Das war allerdings richtig. Wie sollte er ihr erklären, daß er die Brücke meinte, über die vor wenigen Minuten, fünfzehn Meter von ihm entfernt, sie gegangen war?

»Die Brücke über den Kanal«, wollte er sagen, aber er begriff im selben Augenblick, daß auch diese Angabe nicht genügte.

Daraufhin fragte er nach der nächstgelegenen Brücke.

Der Frau kam es merkwürdig vor, daß der Herr irgendeine Brücke suchte, Hauptsache, daß sie in der Nähe war, so wie wenn es sich um den nächsten Tabakladen oder Briefkasten handelte.

Aber sie dachte: die Fremden kommen nach Venedig und schauen alles an; sie stecken eine Viertelstunde lang die Nase in die Luft, um eine Säule oder ein Fenster zu bewundern und interessieren sich für die alltäglichsten Dinge. Sie führte ihn also freundlich bis an die Ecke der Gasse, die Paolo eben durchschritten hatte, und sagte, er solle rechts abbiegen, dort werde er die Brücke finden.

Dann kehrte sie um und nahm das Kind auf den Arm, das noch immer weinte.

Paolo bog rechts ab, dann nochmals rechts.

Vor ihm erhob sich die gleiche Brücke, die er vor ein paar Minuten hinabgestiegen war.

Paolo beneidete die Hunde und die Rothäute, welche die glückliche Gabe besitzen, eine Spur zu wittern.

Seine Nüstern nahmen nur den Geruch von öligem Lagunenwasser wahr, in den sich von fern der Duft von geröstetem Kaffee mischte.

Er lief wieder in die Calle Larga 22 Marzo zurück. Diesmal bog er links ab, weil er sich sagte, daß die schöne Unbekannte mittlerweile in dieser Richtung einen Vorsprung gewonnen haben müsse.

Wieder ein Platz, diesmal etwas breiter; dahinter der Canal Grande in seiner verwirrenden Großartigkeit, und drüben die Punta della Salute.

Paolo lief bis zum Ende des Platzes. Er fühlte, wie ihm

jede Hoffnung dahinschwand, die schöne Unbekannte wiederzusehen.

»Oh!« murmelte er in ihrem Tonfall; doch diese eine Silbe schien ihn eher zu verhöhnen, gerade als ob er vergeblich nach ihr riefe.

Seine Arme waren schwer vor Enttäuschung. Verdrießlich schaute er über das muntere Glitzern im Wasser des Kanals zur Lagune hinüber und auf die schöne Landzunge, auf der sich die Salute mit ihren breiten weißen Stufen erhebt.

Ein Boot ohne Verdeck hatte dort unten angelegt, eine von den Gondeln, die als Fähre zwischen den beiden Ufern des Canal Grande dienen.

Der Fahrgast bleibt meist stehen, weil die Überfahrt kurz ist, auch dort, wo der Kanal breiter wird und allmählich in die Lagune mündet.

Der Gondel entstieg eine weibliche Gestalt. Paolo konnte aus der Entfernung das Gesicht nicht genau erkennen, aber er erkannte den grauen Mantel, den kleinen helmförmigen Hut, den braunen Pelzkragen.

Es war sie – wiederum!

Aber am andern Ufer des Canal Grande.

»Gondola! Gondola!« lockte ein Gondoliere.

Paolo sprang in die Gondel und versprach dem Gondoliere:

»Ein gutes Trinkgeld, wenn du schnell machst.«

»Wohin, sior paròn?«

»Dorthin, dort hinunter!« antwortete Paolo in einem Ton, als gäbe es in ganz Venedig kein anderes Ziel.

Beim ersten kräftigen Ruderschlag fand Paolo es geraten, sich niederzusetzen, um nicht in den Kanal zu fallen.

Die Gondel war ohne Verdeck, denn der Tag war sonnig und heiter, wie geschaffen für eine träumerische, gemächliche Spazierfahrt auf dem schimmernden Wasser.

Ein Gondoliere wundert sich nie. Vielleicht war er auch Paolos Blicken gefolgt und hatte die schlanke Gestalt beobachtet, die bereits an der Salute vorübereilte ...

Flink handhabte er die Ruder. Die Gondel glitt rasch dahin, wobei sie einem Dampfer geschickt auswich. Es ging so rasch, daß sie schon die Hälfte des Canal Grande hinter sich hatte, als es Paolo einfiel, daß er nicht einen Centesimo in der Tasche hatte.

Lügen haben lange Beine

Bluff: Wenn man ein hohes Spiel ansagt, um die Mitspieler zum Passen zu bewegen.

J. Gelli: Piccola Enciclopedia di Giochi. Mailand, Hoepli, 1922, S. 88

»Merkwürdig! Hier liegen doch sonst immer Gondeln, besonders um diese Stunde. Warte nur, Liebling, es kommt bestimmt bald eine.«

Die Stimme des vierzigjährigen, bartlosen Herrn klingt nach Kamillentee oder sonstigen Beruhigungsmitteln, damit die Frau Gemahlin sich nicht aufregt und den Herrn Gemahl mit Vorwürfen überhäuft, weil ausnahmsweise kein Fahrzeug zu erblicken ist.

Aber die Frau Gemahlin ist anscheinend seit Jahren gewohnt, sich nicht so leicht beruhigen zu lassen.

»Da siehst du's!« Ihre Stimme klingt wie das Kratzen einer spitzen Kralle. »Jetzt können wir hier stundenlang warten. Vor drei Uhr kommen wir nicht zum Essen! Ich hab' es dir ja gleich gesagt, du solltest die Gondel warten lassen ...«

»Wenn du es mir gesagt hättest, Liebling, so hätte ich es auch getan. Ich hatte im Gegenteil Angst ...«

»Natürlich, du hattest Angst ums Geld. Du willst sagen, daß wir zu viel ausgeben, daß wir das Geld ins Wasser geworfen haben mit dieser Reise nach Venedig ...«

»Aber nein, Francesca! Habe ich dir so etwas jemals vorgeworfen?«

»Sooo etwas! Du sagst tatsächlich: so etwas! Gerade als wäre es wahr, als wäre es ganz selbstverständlich. Gewiß, du machst mir keine Vorwürfe, aber ...«

Und sie zeichnet mit der Hand eine Spirale in die Luft, die Frau Gemahlin, die die dreißig noch nicht überschritten haben dürfte, aber in ihrer zornigen Erregung älter wirkt. Sie weiß nicht, daß Zorn die Frauen alt und häßlich macht. Und ihr Mann traut es sich gewiß nicht zu sagen. Wozu auch, wenn auf der breiten Treppe der Salute doch kein Mensch zu sehen ist?

Signora Francesca läßt ihre himmelblauen Augen über die Lagune und die Mündung des Canal Grande schweifen, als wollte sie abmessen, wie weit das Gebiet reicht, das die himmelschreiende Ungerechtigkeit ihres Mannes angehört hat.

Sie wartet einen Augenblick. Dann, als sie glaubt, Lagune und Mündung hätten erwidert: »Wir hören genau zu«, skandiert sie wie mit kleinen Hammerschlägen:

»Aha ...! ›Habe ich dir so etwas jemals vorgeworfen?‹ Das soll also heißen: Du hast mir zwar keine Vorwürfe gemacht, aber ich hätte welche verdient. Gewiß, natürlich!«

Auch der Mann, der bartlose Herr von vierzig, schaut unruhig über das stille Wasser. Er verfolgt die Gondeln und möchte am liebsten eine herbeizaubern. Aber die flinken Fahrzeuge, braune Göttinnen der Lagune, bleiben vor seinem Flehen taub.

Doch da kommt eine und steuert rasch auf den Landungssteg der Salute zu.

Eine Gondel mit einem jungen Mann, den wir kennen.

Die Leser haben verstanden: Dieser junge Mann ist niemand anders als Paolo Rubini.

Aber sicher nur dreißig Prozent der Leser werden in dem bartlosen Herrn von vierzig einen alten Bekannten entdeckt haben.

Die übrigen siebzig Prozent haben ihn nicht erkannt, weil er jetzt seinen dunklen Pelz nicht trägt, und vor allem, weil er seinen Koffer nicht bei sich hat. Den hat er natürlich im Hotel gelassen.

Dieser Koffer ist gelb, kanariengelb wie die Bluse von Fräulein Wanda, der hübschen Kassiererin im Café an der Piazza dell'Esedra in Rom.

Mittlerweile hat die Gondel angelegt.

Und während der junge Passagier in seinen Taschen herumkramt, nähert sich schon der bartlose Herr von vierzig. Freudig hüpft sein Herz, und seine etwas beleibte Figur hüpft mit. Er zieht den Hut und fragt:

»Wird die Gondel frei?«

Gewiß, die Gondel wird frei. Wenn der Herr und die Dame wünschen, können sie gern einsteigen.

Paolo hingegen ist nicht frei. Es bindet ihn ein dünner, aber zäher Faden von ein paar elenden Soldi, die er nicht besitzt.

Er kramt weiter in seinen Taschen herum, und je genauer er weiß, daß das Suchen völlig vergeblich ist, desto eifriger sucht er.

Mit Sorge beobachtet der bartlose Herr von vierzig dieses zeitraubende Manöver, das seine liebe Francesca gewiß in noch ärgere Aufregung versetzen wird.

Doch sie ist ganz ruhig. Ihre himmelblauen Augen lassen durchaus keinen Zorn mehr erkennen.

Sie sind sogar sanft, fast weich geworden. Sie hält sie leicht gesenkt und wirft freundliche Blicke auf den jungen Mann.

Francesca schaut Paolo an.

Paolo schaut Francesca nicht an. Doch er spürt ihren Blick und fühlt überdies, daß sein Herumsuchen in den Taschen allmählich lächerlich wird.

Man kann in den Tiefen seiner Kleidung nach einem Lotteriegewinn, einer goldenen oder antiken Münze oder nach einem Glücksanhänger suchen, nicht aber nach den paar Kröten, die eine Überfahrt kostet.

Doch die Vorsehung hat ihm bereits den bartlosen Herrn von vierzig zugeführt.

Er hat in Paolo den Reisegefährten wiedererkannt, der ihm in diesem Augenblick teurer ist als ein alter Freund, weil er an den verlassenen Anlegesteg eine Gondel gebracht hat – nein, keine Gondel: ein Rettungsboot.

Und dieser tüchtige junge Mann ist ein bißchen verlegen um Kleingeld! Der bartlose Herr, zuvorkommender denn je, würde seinen Retter am liebsten zum Universalerben einsetzen. Er schreitet unverzüglich ein, schon damit Francesca nicht noch ungeduldiger wird.

Aber sie wird gar nicht ungeduldig. Sie schaut Paolo an, und jeder Ärger ist verschwunden. Francesca hat sich verjüngt und verschönt.

»Haben Sie kein Kleingeld?« fragt der Bartlose Paolo in einem Tone, der in vier Worten die Freude über die Begegnung und zugleich eine Herzlichkeit ausdrückt, wie man sie nur bei alten Bekannten empfindet.

Paolo ist es im Augenblick ganz gleichgültig, wer der Herr ist und wo er ihn kennengelernt hat.

Für ihn ist es die Hand, die wie gewöhnlich im richtigen Moment eingreift.

Der Gondoliere antwortet an seiner Stelle, es sei nur eine Überfahrt gewesen.

Fünfzig Centesimi fallen in seine rauhe Hand. Eine halbe Lira läßt sich der Herr mit dem gelben Koffer ein so glückliches Zusammentreffen gerne kosten.

Und für Paolo bedeuten die fünfzig Centesimi die Erlösung von einer Kette, die ihn an die Gondel schmiedete.

Und da soll noch einer sagen, das Geld sei heutzutage nichts mehr wert!

»Verbindlichsten Dank!«

Paolo ist froh und zugleich etwas peinlich berührt. Ihm ist zumute, als hätte er ein Almosen empfangen.

Nicht von dem bartlosen Herrn von vierzig – »Aber ich bitte Sie, diese Kleinigkeit!« –, sondern von einem unsichtbaren Unbekannten, der ihn seit seiner Abreise aus Rom auf Schritt und Tritt verfolgt.

Ihm ist, als ob der unsichtbare Unbekannte hinter ihm stünde, ihm mit beiden Händen die Augen zuhielte und fragte:

»Kuckuck, wer bin ich?«

Wirklich – wer ist er eigentlich?

Doch dieses Spiel versetzt vor allem Paolo in eine heitere Stimmung. Denn der Tag ist schön, sonnig und warm, und an diesem herrlichen Tage ist ihm ein schönes Mädchen begegnet, das er vielleicht wiedersehen wird.

Und Paolo ist überzeugt, daß alle Welt um ihn herum in das Sonnenlicht der Heiterkeit getaucht sein muß.

Alle Welt?

O nein! Zumindest auf dem bartlosen Herrn von vierzig liegt eine Wolke, die sich immer mehr verdichtet: eine Wolke der Eifersucht. Denn als er mit seiner Frau Gemahlin in der Gondel über den Canal Grande fährt, da will es ihm scheinen, daß Francesca sich ein bißchen zu sehr für den jungen Mann interessiert.

Francesca folgt Paolo so lange mit den Blicken, bis er hinter der Kirche verschwunden ist.

Eine bittere Frage, vor Eifersucht spöttisch, will ihm auf die Lippen steigen: »Der junge Mann ist sehr nett, findest du nicht?«

Aber klugerweise erstickt er die Worte im Munde. Sie hätten nur eine neue Szene heraufbeschworen.

Er gestattet sich nicht einmal Erleichterung in einem resignierten Seufzer.

Er nimmt sich nur ganz im Innern, stumm und unsichtbar, die Freiheit einer flehentlichen Bitte: daß Paolo ihnen nicht wieder begegnen möge.

Lerne eine Kunst und mache von ihr Gebrauch

... Bei den verschiedenen Titeln und Würden gilt die Rangfolge, die in den nachstehenden Gruppen und Untergruppen angegeben ist ...
Kgl. Erlaß Nr. 2210 über die Rangordnung, Art. 1

Der Kanonenschuß auf der Insel San Giorgio Maggiore war für die Tauben auf dem Markusplatz der Auftakt für den rituellen Rundflug, mit dem sie die Mittagsstunde begehen.

Der Taubenschwarm gleicht den langen Fransen eines Schales, den Venedig täglich zu dieser Stunde sanft und behutsam über dem Platz schwingt. Diese leise schwirrenden Fransen streifen die Prokuratien, schwenken vor der Kirche ein, ziehen sich im Gewoge der Umkehr schmaler zusammen und wiederholen dreimal die kreisende Bewegung, bis sie allmählich zur Ruhe kommen. Eine um die andere verstummen nun auch die Glocken, die überall auf der Lagune den Mittag eingeläutet haben. Zuerst schweigen die großen, dumpfen Glocken, dann die mittelgroßen, und zum Schluß bimmelt nur hie und da noch ein klägliches Glöckchen. Es klingt wie der Schritt eines kleinen Kindes, wenn es sich mit seinen kurzen Beinchen beeilt, die größeren Gefährten einzuholen, die bereits am Mittagstisch sitzen.

Nachdem er dem Flug der Tauben zugeschaut und dem letzten mittäglichen Glöckchen gelauscht hatte, nahm Paolo Rubini eine höchst elementare Rechnung vor: Es fehlten noch zweieinhalb Stunden bis halb drei.

Zweieinhalb Stunden dauern lange zu der Tageszeit, da die Mehrzahl der Menschen, die in Venedig weilen, zu Mittag essen und Mittagsruhe halten.

Paolo konnte nicht einmal das tun.

Wieder durch Venedig streifen? Nein.

Es bestand keinerlei Aussicht, um diese Stunde das Mädchen mit dem dreifachen »Oh!« zu entdecken.

Nur eines war gewiß: daß ihm in den engen Gäßchen der Duft einer guten Mahlzeit verlockend in die Nase steigen würde.

Alle Gerüche haften in den schmalen Gäßchen Venedigs mit einer Penetranz, die ihrer Unerträglichkeit genau entspricht. Der Küchengeruch bleibt ständig in der Umgebung der Herde. Auch wenn der Herd längst erloschen ist, sitzen die Gerüche noch in den dunklen Mauern, die von ihnen seit Jahrhunderten imprägniert sind. Nur in der Nähe der breiten Hauptwasserader oder vor den großen Hafenbecken breiten sich die Gerüche fett und schwer auf dem Wasser aus. Hier verwandeln sie sich in breite Ölflecke, die jeden Tag von den Gezeiten fortgeschwemmt werden, bis sie sich im alles reinigenden Meer auflösen.

Es ist schwer, sich in Venedig mit dem Auge zu orientieren; hingegen ist es einfach, sich mit der Nase zurechtzufinden. Wenn man sich in Gerüchen auskennt, weiß man, wie weit es noch bis zum Canal Grande oder bis zur

Lagune ist. Wo sich die Luft zu kompakten Geruchsmassen verdichtet, so daß man sie fast schneiden kann, dringt man in das Innere Venedigs ein. Gerät man aber beim Durchstreifen der Gäßchen an eine Kreuzung oder eine Brücke, wo man eine Nase voll leichtere Luft einschnuppert, so ist das ein Zeichen dafür, daß die Gasse bald auf den Canal Grande oder die Lagune mündet. Es sind die einzigen Stellen, an denen die kulinarischen Gerüche Parkverbot haben.

Paolo Rubini hatte kaum ein paar Schritte in den Mercerie* hinter dem Uhrenturm gemacht, als er es vorzog, wieder in Richtung der Lagune umzukehren, wo seine Nase nicht in Versuchung geriet.

Die beiden freistehenden Granitsäulen der Piazzetta, die sich schlank vor dem schimmernden Hintergrund abhoben, sahen aus, als warteten sie seit Jahrhunderten darauf, daß jemand vom Meer auf sie zukäme.

Paolo blieb unbeweglich zwischen den beiden Säulen stehen, als erwartete auch er jemanden.

Er kreuzte die Arme und schloß die Augen, weil das Licht ihn blendete. Durch die Lider nahm er nur ein starkes, goldenes Leuchten wahr, das von der Sonne herrührte; auf dem Gesicht spürte er einen warmen Hauch.

Nun belebte sich die leuchtende Helle mit verschwimmenden Gebilden, hervorgerufen durch die Geräusche, die zu seinen Ohren drangen. Das Geplätscher der am Ufer befestigten Gondeln erweckte in ihm die Vorstellung von schimmernden kleinen Wellen; der Pfiff eines Dampfers, der Ruf eines Schiffers, das Geklapper von

* Hauptgeschäftsstraße in Venedig.

Holzpantinen verwandelten sich jeweils in Lichtempfindungen. Sie drangen durch seine geschlossenen Lider ins Gehirn, betäubten es ein wenig und umnebelten es mit leicht irisierenden Goldstäubchen.

Ein leises Gefühl von Mattigkeit legte sich über seinen ganzen Körper – das unverkennbare Gefühl eines gesunden, jugendlichen Appetites.

Paolo öffnete die Augen wieder, atmete tief ein und nahm heißhungrig das einzige Mahl zu sich, das ihm seine Mittel im Augenblick erlaubten: Luft und Sonne.

Noch eine Stunde. Es war kaum halb zwei.

Paolo ging am Eingang des Hotels Danieli vorüber, um seinen Schlachtplan zu entwerfen.

Wenn er nach einer Stunde hineingehen würde, wollte er ohne schüchterne Unbeholfenheit auftreten.

Er suchte durch die Scheiben die Portiersloge zu erspähen und veranstaltete in Gedanken eine Generalprobe seines Eintritts. Er würde dem Portier mit einer Stimme, die keinen Widerspruch duldet, den Auftrag geben:

»Melden Sie mich Mr. Gowen in einer Angelegenheit des Cavaliere Anselmi.«

Paolo war in seinem Leben nicht oft in einem Luxushotel gewesen. In Rom mußte er einmal im Auftrage des Bürochefs ins Hotel Excelsior gehen, um bei einem Vertreter der Openmouthed Picture Co. einige Rechnungen abzugeben.

Kaum hatte ihn die Drehtür ins Innere gestoßen, da hatte er sich vor den vier Pulten, hinter denen Männer in statuarischer Unbeweglichkeit thronten, wie Buridans Esel gefühlt. Sie waren ihm wie die Richter in einem eleganten Gerichtshof erschienen. Paolo hatte sich zögernd an den Richter zur Rechten gewandt, an dessen Pult in Leuchtbuchstaben »Réception« stand, und hatte ihn nach Mr. Mac Clure gefragt.

Er erinnerte sich noch heute an den Namen, besonders aber an den Ausdruck von Verachtung und Mitleid, mit dem ihm der elegante Herr geantwortet hatte:

»Wollen Sie sich bitte an den Portier wenden!«

Und der Ton besagte klar und deutlich: »Wenn man nicht einmal die elementarsten Regeln kennt, sollte man nicht die Kühnheit haben, einen unserer eleganten Touristentempel zu betreten.«

Paolo hatte »Verzeihung« gemurmelt und »Danke« hinzugefügt.

Und er war wirklich dankbar für die wertvolle Lektion.

Er hatte damals eine höchst nützliche Lehre für das Leben erhalten.

Er hatte gelernt, daß die Kompetenzen in der Hotelhierarchie scharf voneinander abgegrenzt sind und ein falsches Verhalten höchst peinlich werden kann.

In einer Bank, auf dem Bahnhof oder einer öffentlichen Dienststelle wird ein Fehler wohlwollend verziehen. Wenn man sich an einen falschen Beamten wendet, so wird man nicht verurteilt, sondern freundlich an die richtige Adresse verwiesen.

Dagegen ist im Reich der industrialisierten Gastlichkeit die bezahlte Höflichkeit nur denen vorbehalten, die beim Eintritt in ein elegantes Hotel zeigen, daß sie sich in Rangstufen und Titeln genau auskennen.

Dieses Gesetz gilt aber nicht nur am Eingang, sondern in jedem Winkel des Hotels zu jeder Tag- und Nachtstunde.

Wenn der schlaftrunkene, zerstreute oder unerfahrene Gast sich beim Klingeln versieht (»1 pour le garçon; 2 pour la femme de chambre; 3 pour le valet«) und dem herbeieilenden dienstbaren Geist einen Auftrag erteilt, der nicht zu dessen Aufgabenbereich gehört, so ist der so unglücklich gegen die Gesetze der Hotelbürokratie Verstoßende mindestens bei zwei Personen disqualifiziert: bei dem zu Unrecht Bemühten und bei dem andern, der für den Auftrag zuständig gewesen wäre.

Der Irrtum hat nicht wieder gutzumachende Folgen: Solange der disqualifizierte Gast im Hotel wohnt, beobachtet er einen Ausdruck tiefsten Mitleids im Blick der beiden Gekränkten.

Die großen Hoteldiebe und die Betrüger, denen es gelingt, ihre Rechnungen wochenlang anstehen zu lassen oder sogar vom Portier einen ansehnlichen Betrag als Kredit aufzunehmen, verdanken ihr Ansehen vor allem der völligen Beherrschung der Regeln in der Hotelhierarchie, ihrer Kunst, den Befehlston abzustufen, je nachdem ob sie mit dem Direktor, seinem Stellvertreter oder den unteren Angestellten bis zum Laufburschen sprechen.

Sobald ein Gast angekommen ist, nimmt das Hotelpersonal eine eingehende Musterung vor. Sie fällt ungünstig für den guten Bürger aus, der aussieht, als bäte er um Entschuldigung wegen der durch ihn verursachten Störung, günstig hingegen für den unbefangenen Gast, der sich schon beim Verlassen der Taxe wie zu Hause benimmt und ohne Worte dem Boy mit einer Handbewegung zu verstehen gibt, er möge ihm die unedle Mühe abnehmen, den Chauffeur zu bezahlen.

Und dieser zweite Gast fährt dann vielleicht eines Tages ab, ohne die Rechnung zu bezahlen und ohne dem Portier die Auslagen zu ersetzen.

Aber was er auch tat – es hatte Stil.

Wer sehen will die Sonn' aufsteigen, der soll recht lang' im Bette bleiben

Vom Meer träumen, bedeutet Glück.
Aus »Das Traumbuch oder vom Geheimnis der Chancen im Lottospiel«, S. 181

Seitdem sich Paolo in der Eingangshalle des Excelsior in Rom blamiert hatte, war er bemüht gewesen, seine Hotelkultur zu vervollkommnen. Und er hatte sie sich hauptsächlich aus dem Film angeeignet (denn im wirklichen Leben hatte es ihm an Gelegenheit gefehlt), indem er auf die Szenen achtgab, aus denen er etwas lernen konnte.

Beim Eintritt in die Halle des »Danieli« befreite er sich deshalb von der Vorstellung, ein ordentlicher junger Mann zu sein, der noch nicht zu Mittag gegessen und auch nicht die geringste Aussicht hatte, normal zu Abend zu essen.

Mit einer Stimme, die keinen Widerspruch zuläßt, fragte er den Portier: »Mr. James Gowen?«

Der Ton und die gute englische Aussprache sicherten ihm die Achtung des Portiers.

»Der Herr ist der Cavaliere Anselmi?«

»Nicht persönlich, aber in seinem Auftrage.« Und sein Ton wurde noch bestimmter, damit der Portier ihn nicht für weniger wichtig hielt als den Erwarteten.

Das Personal der großen Hotels hat seinen eigenen Stil in Gesten und Worten. Es hat sogar einen eigenen Akzent in den verschiedenen Sprachen, aus dem das Ursprungsland nicht mehr zu erkennen ist. Sie scheinen alle an der Grenze mehrerer Länder geboren zu sein und keine eigene Sprache zu besitzen. Man könnte meinen, sie sprächen stets in einer anderen Sprache als sie denken.

»Mr. Gowen war für heute angemeldet«, erklärte der Portier in seinem fremdländischen Italienisch, »aber wir haben soeben ein Telegramm von ihm erhalten. Mr. Gowens Sekretärin wird Sie jedoch an seiner Stelle empfangen. Wenn Sie so lange im Salon Platz nehmen wollen, werde ich Sie bei der Sekretärin anmelden.«

Mit einer Handbewegung seiner Linken gab Paolo seine Zustimmung zu erkennen. Während sein Besuch zu einer Zahl im konventionellen Chifferncode der Hotelstrategie wurde (»Melden Sie der Sekretärin von Mr. Gowen auf Nummer 57, daß ein Herr im Auftrage von Cavaliere Anselmi sie unten im Salon erwartet!«), trat er in die große Empfangshalle im maurischen Stil und ließ sich in einen Ledersessel sinken.

Das weiche Polster weckte ein wohliges Gefühl in ihm. Endlich Ruhe nach einem ganzen Morgen Umherlaufen und Warten! Er dachte dankbar an Cavaliere Anselmi und fragte sich nochmals, wo er diese geheimnisvolle Person nur kennengelernt habe.

Da seine Erinnerung an weiter zurückliegende Ereignisse gegenwärtig versagte, memorierte er nochmals kurz seinen Auftrag, der übrigens ganz einfach war. Er sollte Mr. Gowen nur um einen kurzen Aufschub für die Besprechung einer geschäftlichen Angelegenheit bitten und ihm die Dringlichkeit von Anselmis Reise nach Mailand beibringen.

»Wenn Ihnen das gelingt, bin ich Ihnen sehr dankbar«, hatte Anselmi beim Abschied gesagt. »Ist Mr. Gowen nicht einverstanden, so habe ich drei Monate umsonst gearbeitet.«

Paolo wußte nicht, welche Gründe Mr. Gowen bewegen könnten, nicht in den Aufschub einzuwilligen, oder was ihn nachgiebig stimmen könnte.

Auf jeden Fall war er nicht pünktlich, obwohl er Amerikaner war, und das war vielleicht ein Vorteil – es sei denn, die Sekretärin hätte von vornherein bestimmte Anweisungen erhalten.

Inzwischen wartete Paolo wohlgelaunt in dem bequemen Sessel, in dem es sich herrlich weich ruhte. Er verlockte auch ein wenig zum Schlafen.

Die menschenleere Halle verschwamm immer mehr im Halbdunkel, bis sie dem verschleierten Blick unter den schwer werdenden Augenlidern fast ganz entschwand.

Der Sessel begann leise zu schaukeln, wie um ihn einzuwiegen.

Paolos rechte Hand war schwer von der Lehne heruntergeglitten ...

Das Wasser glitzerte, und die Gondel glitt langsam weiter in der Mondnacht ... Am Bug saß ein bartloser Herr auf einem gelben Koffer. Seine Augen glühten wie die einer Katze und ruhten unentwegt auf ihm. Er mußte zornig auf Paolo sein, weil seine Frau neben ihm in der Gondel saß, viel zu nahe neben ihm ...

Und die Gondel glitt ruhig dahin, ohne daß ein Gondoliere ruderte. Sie fuhr unter der Seufzerbrücke durch, der schöne Marmorbogen richtete sich zu schwindelerregender Höhe auf ...

Aber die Frau an seiner Seite gefiel Paolo nicht. Warum steckte sie der Herr nicht in seinen gelben Koffer und trug sie fort? Was wollte sie von ihm? Einen Kuß?

Unmöglich! Merkt sie denn nicht, daß er uns beobachtet? ... Und dann: dieser viel zu rote Mund!

Die Gondel wurde länger, immer länger. Der Herr am Bug mit dem gelben Koffer war weit, weit entfernt.

Und auf der Gondel erschien der Kontrolleur: »Fahrkarten, bitte!«

Die Fahrkarte der Dame? Ich habe keine.

Wohin ist die Dame verschwunden? Und ihr Mann?

Und sanft gleitet die Gondel dahin, dazu Musik ... Cavaliere Anselmi singt und begleitet sich selbst auf der Mandoline:

Nina, o glaube mir,
Du bist zur Liebe hier ...

Die Gondel schaukelt auf der Lagune dahin.

Der Kellner kommt und deckt den Tisch. Alles spiegelblank ..

Was für einen Appetit!

Paolo gegenüber sitzt das Mädchen und blickt ihn liebevoll an.

Und leise, leise gleitet die Gondel dahin, während der Kellner köstlichen Weißwein einschenkt.

Ob es noch lange dauert, bis wir da sind?

Wie schön ist eine Hochzeitsreise im Mondenschein!

Die Tasche aus hellblauem Leder fällt ins Wasser und geht langsam unter. Er kann sie nicht erreichen.

Sie taucht tiefer, immer tiefer. Paolo schwimmt und erreicht sie doch nicht. Nun geht er auf dem Grunde dahin, Algen umschlingen seine Füße ... Und da steht der Portier vom Danieli, der ihn nicht durch die geschlossene Tür lassen will. Aber Cavaliere Anselmi nimmt ihn am Arm und führt ihn ins Kino, wo es ganz dunkel ist ... Vorn ist ein viereckiger Platz, wo Kinder spielen. Die Mama läuft auf ihren Pantinen herbei, die auf dem Pflaster klappern:

»Warten Sie auf die Dame?«

Sie ruft mit lauter Stimme:

»Schönes Fräulein, da ist der Herr, der nach Ihnen gefragt hat!«

Und das Fräulein erscheint in der Tür, ganz in schimmerndes Rosa gehüllt ...

Und eine Stimme wiederholt lauter:

»Gnädiges Fräulein, dort ist der Herr, der im Auftrage von Cavaliere Anselmi nach Ihnen gefragt hat.«

Bei dem Klang der Stimme wacht Paolo auf. Es ist eine wirkliche Stimme.

Aber er sieht auch ein Mädchen im rosa Kleid auf sich zukommen.

Er träumt nicht mehr. Er ist in der Halle des »Danieli«, und auf ihn zu steuert lächelnd das Mädchen aus Traum und Wirklichkeit: sie, der er vergeblich gefolgt war, das Mädchen mit dem dreifachen »Oh!«

Freue dich des Geldes, auch wenn du es noch nicht hast

English spoken
Schildchen in den Schaufenstern der Geschäfte

Sie war es leibhaftig.

Im rosa Kleid und ohne Hut schien sie ihm noch hübscher. Sie schritt zielbewußt auf ihn zu, mit dem verschlossenen Ausdruck einer Dame, die es gewohnt ist, in geschäftlichen Dingen Verhandlungen zu führen, mit unbekannten Besuchern zu sprechen und jede weibliche Note hinter einer förmlichen Zurückhaltung zu verbergen.

Sie erkannte ihn im Halbdunkel nicht sogleich, weil Paolo mit dem Rücken zur hellerleuchteten Tür saß.

Aber kaum hatte er sich – und nicht nur aus Höflichkeit – erhoben, da blieb sie zwei Schritte vor ihm stehen. Ihr Ausdruck veränderte sich. Von Verwunderung ging er zur Frage über, wie wenn sie sagen wollte: »Wie kommen Sie dazu, mich hier aufzusuchen?«

Paolo bemerkte ihren aufsteigenden Unwillen und beeilte sich, ihr zu versichern, daß nicht er sich die Kühnheit herausgenommen habe, sondern daß es eine Fügung des ihm wohlgesonnenen Schicksals sei.

»I beg your pardon, Miss. I didn't suppose that you were the secretary of Mr. Gowen. Mr. Anselmi sent me to ...«

Das Zusammentreffen war wirklich höchst seltsam und mußte selbst Paolo wundernehmen, aber es war schließlich kein Grund für den unerwarteten Anfall von Heiterkeit, mit dem ihn das Mädchen unterbrach.

Paolo Rubini geriet beim Anblick der schönen, schneeweißen Zähne, die lustig blitzten, des hübschen, fröhlichen Gesichts ins Stocken. Er konnte nicht begreifen, warum er ihr wieder lächerlich erschien.

Das Mädchen verstand, daß sie ihn unabsichtlich gekränkt hatte. Es schien ihr aber nicht leicht zu fallen, ihre Fröhlichkeit zu beherrschen.

Sie wies ihm einen Sessel an:

»Sit down, please.«

Sie saßen Seite an Seite in den weichen Sesseln, er ein wenig beleidigt über den kuriosen Empfang und sie von dem Wunsche erfüllt, ihr schnippisches Verhalten ohne kränkende Absichten noch ein wenig fortzusetzen.

Paolo fiel eine Szene aus einem Film ein, den er vor wenigen Wochen übersetzt hatte. Dort geriet der Held neben dem geliebten Mädchen ebenfalls in Verlegenheit, weil sie lachte und er nicht wußte warum.

Paolo hatte das Gefühl, daß er dem verlegenen jungen Mann zwar nicht im Äußeren doch im Ausdruck sehr ähnlich war und kam sich noch lächerlicher vor.

Im Film fragte der Held nun mit Recht: »Warum machen Sie sich über mich lustig?«

Paolo hatte den englischen Text der Frage noch genau im Gedächtnis und wiederholte ihn, wobei er auch die würdevolle Haltung des Helden nachahmte:

»Why do you make fun of me?«

Er war von seiner Leistung befriedigt.

Wie im Film legte ihm das Mädchen sanft die Hand auf den Arm, und ihre Augen flehten um Verzeihung, daß sie ihn gekränkt habe.

Paolo wurde wieder heiter.

»Oh!« und dieses »Oh« klang noch süßer als die drei früheren: »Oh, don't be angry! But ...«

Sie schaute ihn schelmisch an und fuhr fort: »But don't you think, daß es viel einfacher wäre, wir sprächen Italienisch?«

Die reine Aussprache ließ keinen Zweifel: Es war ein schönes, warmes Italienisch, genau so viel toskanisch gefärbt, daß es noch reizvoller klang.

»Sie sind Italienierin?« fragte Paolo und hätte sie am liebsten wie eine Landsmännin umarmt, der er im afrikanischen Urwald begegnete. Er hielt sich rechtzeitig zurück, da ihm einfiel, daß allzu äquatoriale Kundgebungen in der Halle des »Danieli« nicht angebracht seien. Auch wäre sie nicht einverstanden gewesen.

»Italienierin von Kopf bis Fuß«, erwiderte sie.

Und diesmal lachten sie endlich zusammen.

Müßiggang ist aller Laster Ende

Doch du weißt, wie lange er schon wußte, daß es in der Welt auch eine neue Welt gab.
C. Pascarella: Die Entdeckung Amerikas

Heiser und schüchtern kündeten drei dumpfe und zwei hellere metallene Schläge an, daß es halb vier war.

»Halb vier!« rief das Mädchen, »eine Stunde lang haben wir Ihren Cavaliere Anselmi und – was schlimmer ist – meinen Mr. Gowen vergessen!«

Seit einer Stunde sprachen sie über alles Mögliche, nur nicht über Geschäfte.

Paolo wußte bereits, daß sie in den Vereinigten Staaten als Kind italienischer Eltern geboren und mit sechzehn Jahren verwaist war. Darum hatte sie die Schule verlassen und sich im Leben bewähren müssen.

Doch wie ein amerikanisches Sprichwort sagt, das überall auf der Welt gilt: »Wo ein Wille ist, ist auch ein Weg.« So wurde sie mit zwanzig Jahren die erste Sekretärin Mr. Gowens, eines der mächtigsten Geschäftsmänner von New York.

Sie hätte selbst nicht sagen können, warum sie dem jungen Mann, den sie kaum kannte, so viel von sich und ihrem Leben erzählte. Sie war stets gewohnt, Abstand zu wahren und sich hinter vorsichtiger Zurückhaltung zu verschanzen. Auch war sie gewohnt, von Zahlen, Finanzoperationen, Kursnotierungen, Verträgen und Terminen zu sprechen. Und nun erzählte sie plötzlich, wie leid es ihr tat, daß sie ihr Violinstudium hatte aufgeben müssen, und wie es sie freute, das Land ihrer Eltern zu sehen.

Sie nannte dem jungen Mann, von dessen Dasein sie bis vor wenigen Tagen keine Ahnung gehabt hatte, sogar ihren Vornamen: Clara. Es war wohl das erste Mal, seit sie für alle Männer schlicht Miss C. H. Naldieri hieß.

Nur eine Cousine von ihr, die hier in Venedig lebte, nannte sie beim Vornamen: ihre Cousine Ada, mit der er sie bei St. Jeremias aus der Gondel hatte steigen sehen.

Wie hatten sie sich – ohne Bosheit, so versicherte sie nochmals – über Paolos energisches Einschreiten amüsiert, der sie mit aller Macht gegen eine nicht bestehende Gefahr verteidigen wollte! Der arme Gondoliere hatte nichts anderes verbrochen, als daß er ihnen erklärt hatte, warum er nicht auf sie warten konnte. Er wollte heim – und Hunger ist schließlich kein Verbrechen.

Und sollte sie in ihrem unbeschwerten Alter unter der strahlenden Sonne Venedigs vielleicht nicht über den unbekannten Paladin lachen, der sie unbedingt zu einer Angelsächsin machen wollte?

»Sehe ich denn wirklich so amerikanisch aus?« hatte sie Paolo gefragt, »das täte mir leid, denn meine Mutter war aus Venedig und mein Vater aus Siena. Und ... und Sie?«

»Ich?« hatte Paolo geantwortet, »Rom!«

Er hatte nicht einmal »aus Rom« gesagt, sondern einfach den majestätisch klingenden Namen genannt, ohne ihn durch Zusätze zu verkleinern, um seine klassische Erhabenheit wirken zu lassen. Wenn er nur »Rom« sagte, war es für ihn, als malte er die lapidaren Buchstaben klanglich.

Aber nachdem er sich an dem Namen Rom berauscht und dafür einen bewundernden Blick von dem Mädchen empfangen hatte, wußte er nicht, wie er ihr von seiner elenden Anstellung erzählen sollte.

»Rom!«

Sie sah ihn vielleicht in Gedanken mit einer Toga bekleidet und mit glänzendem Lorbeer geschmückt – und er mußte sich nun vor ihr so zeigen, wie er wirklich war: gewiß nicht in der sonnigen Pracht eines Cäsarenpalastes. Der halbdunkle niedrige Raum in der Openmouthed Picture Co. hatte nichts von römischer Größe – er hatte überhaupt nichts Großartiges an sich.

Er, der Römer, fühlte sich herzlich gering vor dem Mädchen, das aus einer neuen Welt kam. Sie, weder Römerin noch Mann, hatte es verstanden, das Leben zu meistern.

Sie hatte den Namen Rom bewundert, den Paolo feierlich ausgesprochen hatte. Aber was war vom großen alten Rom im Leben des modernen Römers Paolo Rubini noch übrig?

Paolo begriff: Bürger von Rom zu sein und eine Geburtsurkunde zu besitzen, auf der die vier ewigen Buchstaben »S. P. Q. R.« aufgedruckt sind, war entweder ein Anlaß zum Stolz oder auch ein stummer Vorwurf.

Kaum war der Name Rom gefallen, da hatte sich Paolo bloßgestellt gefühlt und war zur Lüge gezwungen gewesen.

Als die Uhr in der Halle des »Danieli« leise daran erinnerte, daß es halb vier war, log Paolo schon seit etwa vierzig Minuten.

Es waren jedoch vierzig Minuten Lügen ohne böse Absichten gewesen.

Paolo hatte dem Mädchen von einem arbeitsreichen Leben erzählt, von seinem Unabhängigkeitsdrang und vom unerschütterlichen Willen, ständig vorwärtszukommen.

Während er sprach, fühlte er das Bedürfnis, seinen Schwindel vor sich selbst zu rechtfertigen. Er nahm sich deshalb vor: »Ab morgen werde ich auch wirklich so leben.«

Und um sich nicht durch Einzelheiten zu verraten, hatte er vor Clara eine Reihe von Plänen entwickelt, statt ihr einen Tatsachenbericht zu geben.

Je mehr er sprach, desto mehr berauschte er sich an seinen Plänen, desto mehr überzeugten sie ihn. Und nachdem er einmal Feuer gefangen hatte und überzeugt war, wurde er immer lebhafter.

In seiner Begeisterung fragte er nicht mehr danach, ob er eine Ansprache an sich selbst halte oder ob er mit seinen Worten einen neuen Paolo Rubini schaffe. Dieser neue Paolo war jung (das war er tatsächlich) und begierig, dem Leben alles abzuringen, was irgend möglich war: Abenteuer und Aufstieg, um Ziel und Gipfel zu erreichen.

Und das wollte Paolo ab morgen tun – nein: schon ab heute.

In der Halle des »Danieli« wurde ein neuer Paolo Rubini geboren, den ein bereits gewandelter Paolo Rubini schuf.

Im besten Glauben und ohne sich dessen bewußt zu werden, schlichen sich in seine beflügelten Worte Wendungen und Situationen aus Filmen ein, die ihn begeistert hatten. Er merkte nicht einmal, daß er sogar die Gesten des Filmhelden, leicht amerikanisch gefärbt, hin und wieder nachahmte.

In den letzten Jahren hatte er übrigens mehr in der wirklichen, bunten, abenteuerlichen Welt gelebt als in dem kleinen Projektionssaal der Openmouthed Picture Co.

Jeder junge Italiener hat einen Vulkan im Herzen, dachte Clara. Sie war voller Bewunderung für ihn, der ihr so anders als die vielen jungen Leute vorkam, die sie in der Geschäftswelt jenseits des Ozeans kennengelernt hatte. Auch diese waren tatkräftig und jugendlich vital gewesen. Doch der junge Italiener, ihr Landsmann, erschien ihr im poetischen Glanz der venezianischen Tage wie ein Künstler der Tat, während die drüben nichts weiter als Geschäftsleute waren.

Sie kannten keine andere Poesie als das Zahlengeklingel. Paolo jedoch malte ihr einen Beruf aus, an den er glaubte. Hier wurden selbst die Zahlen Poesie.

Für einen Menschen von drüben wäre ihre zufällige Begegnung im Zug, die fast traumhaften Wiederbegegnungen in Venedig und die eigentümliche Verkettung von Umständen, die sie jetzt Seite an Seite geführt hatte – kurz das ganze Drum und Dran ihres Zusammentreffens – zunächst einmal »merkwürdig« gewesen, vielleicht auch amüsant oder vielmehr »funny«.

Sie hätte ein bißchen darüber gelächelt und wäre dann sofort zu Geschäften oder nichtssagenden Redensarten übergegangen.

Paolo jedoch zauberte ihr mit poetischem Enthusiasmus ihre Reise über den Ozean und durch das sonnige Italien vor Augen und wie sich dabei ihr Weg mit seinem gekreuzt hatte.

Sie glaubte, eine geheimnisvolle, gütige Hand zu erkennen, die auf langen Bahnfahrten und im Labyrinth der venezianischen Gassen ihrer beider Wege miteinander verflocht, deren Ursprung so entfernt voneinander gewesen war.

Clara hörte ihm andächtig zu, als ob er ihr das Dogma einer fremden Glaubenslehre erklärte, in der Handlungen und Ereignisse, die uns unbedeutend erscheinen, einen symbolischen und prophetischen Sinn gewinnen.

Und inzwischen war es halb vier geworden.

Fast eine Stunde lang hatte Miss C. H. Naldieri vergessen, daß sie die Sekretärin von Mr. S. S. Gowen war.

Sie sah in Gedanken Mr. Gowens Gesicht vor sich, der sie mehr verwundert als streng fragte:

»Miss Naldieri, haben Sie Ihren Kopf verloren?«

Leise entgegnete sie der Erscheinung ihres Chefs: »Gewiß nicht!« Und zu Paolo sagte sie kurz in einem veränderten Ton, der ihm ein wenig weh tat:

»Mr. Gowen ist heute abend um sieben Uhr in Padua. Cavaliere Anselmi muß unbedingt zu dieser Zeit bei ihm sein.«

Erst jetzt fiel es Paolo Rubini wieder ein, daß es einen prächtigen Cavaliere Anselmi auf Erden gab, dem er sehr viel Dank schuldete. Aber Anselmi kam erst abends um zehn Uhr zurück. Er mußte von Mr. Gowen einen Aufschub von vierundzwanzig Stunden erreichen.

»Unmöglich«, erwiderte das Mädchen, das wieder ganz Sekretärin geworden war. Sie sprach sogar das einfache italienische Wort »unmöglich« mit amerikanischer Betonung aus, wie eine Kreuzung von »impossìbile« und »impòssible«, »Mister Gowen reist heute abend nach Wien weiter.«

Abreisen?

Noch einmal vergaß Paolo den Cavaliere. Er dachte nur daran, daß Mr. Gowen seine Sekretärin womöglich wieder durch Europa und die Welt mitnehmen würde.

»Reisen Sie auch mit?« fragte er das Mädchen ängstlich.

»Ich weiß noch nicht. Bei Mr. Gowen weiß man nie, ob man am andern Tag im Zug, auf dem Dampfer oder im Flugzeug sitzt. Ich weiß nur, daß wir in einem Monat in Paris sein werden.«

Sie unterdrückte einen Seufzer, den ihr Mr. Gowens Geist gewiß nicht verziehen hätte, und schwindelte:

»Darauf kommt es aber jetzt nicht an. Es kommt einzig und allein darauf an, daß Cavaliere Anselmi um sieben in Padua ist.«

Aber wie sollte er ihn benachrichtigen? Und selbst wenn das möglich wäre, könnte er unmöglich um diese Zeit dort sein.

»Dann fahren Sie doch einfach selbst nach Padua! Ich fahre fünf Uhr vierzig.«

Clara, oder vielmehr Miss C. H. Naldieri, erhob sich und reichte Paolo Rubini die Hand in Erwartung einer sachlichen Antwort im Telegrammstil.

Paolo sah in diesem Augenblick nur einen Zug vor sich, der gerade abfahren, eine Tür, die sich hinter dem Mädchen schließen wollte, das bereits eingestiegen war.

Er zögerte keine Sekunde:

»Natürlich«, sagte er, »es ist unerläßlich, daß ich heute abend in Padua Mr. Gowen spreche.«

»In Ordnung«, sagte sie abschließend.

»Auf Wiedersehen.«

Dieses »Auf Wiedersehen« klang nicht mehr ganz sachlich.

Dankbar erinnerte sich Paolo Rubini wieder seiner grünen Fahrkarte, die ihm auf der Heimfahrt die kurze Reise mit ihr ermöglichte.

An der Fahrstuhltür wandte sie sich noch einmal um:

»Holen Sie mich um fünf ab?«

Paolo verneigte sich zustimmend.

Als er den Kopf hob, waren ihre hübschen Beine verschwunden und schwebten mit dem Lift nach oben.

Armut ist eine Schande

... Dem Überbringer auszuzahlen.
Auf den Geldscheinen der Bank von Italien

Bevor er das »Danieli« verließ, schaute sich Paolo noch einmal in der geräumigen Halle um. Er wollte sich vergewissern, daß alles Wirklichkeit gewesen war.

Sein Erlebnis und eine gewisse Betäubung, die vom Fasten herrührte, erweckten in ihm den Eindruck, als ob er träumte.

Die große Empfangshalle im orientalischen Stil, die immer noch in Halbdunkel gehüllt lag, aus dem hie und da eine mattleuchtende, grünverhangene Schreibtischlampe aufleuchtete, verstärkte den Eindruck der Unwirklichkeit.

Vor einer der Lampen saß eine Dame, die eine Zeitung zu lesen schien. In Wirklichkeit schaute sie zu Paolo hinüber. Er merkte es und fühlte sich davon belästigt wie von der Störung eines Eindringlings. Noch mehr störte ihn das kokette, sanfte Lächeln, das den Blick begleitete.

Er wandte sich verärgert um und wollte hinausgehen. Dabei wäre er fast mit einem Herrn zusammengeprallt, der plötzlich vor ihm stand. Dieser schaute ihn so mißtrauisch, so ausgesprochen feindselig an, daß Paolo den bartlosen Vierziger aufmerksamer betrachtete. Es war der Herr mit dem gelben Koffer.

Der feindselige Blick schien Paolo zu sagen, er wisse alles sehr wohl und verlange die Fahrkarte von ihm zurück.

Nein, mein Lieber, die Fahrkarte brauche ich selber!

Und mit der Hand auf der Brust wie zum Schutze des kostbaren grünen Stückchens Pappe trat Paolo aus dem Hotel auf die Riva degli Schiavoni.

Die Lagune erschien ihm wie ein breiter Hafen, wo er die Anker zu einem neuen Leben voll müheloser Tätigkeit lichten sollte.

Ein neues Leben – so weit wie der Himmel, der sich allmählich rot färbte; ein Leben, in dem er frei atmen und offen kämpfen konnte, um sich seinen Platz an der Sonne zu erobern.

Dort, wo die venezianischen Schiffe den Hafen von San Marco verlassen hatten, um den Levantehandel zu erobern, würde auch sein Schifflein ausfahren mit flatternden Fahnen im Wind.

Das kleine Zimmer der Openmouthed Picture Co. kam ihm wie ein enges Gefängnis vor, das ihn, in dessen Adern Erobererblut floß, wie einen Sklaven an sich gefesselt hatte.

Er malte sich schon im voraus mit Vergnügen die Szene aus, deren Held er in wenig mehr als einer Stunde sein würde: Er bot Clara seinen Arm, um ihr beim Einsteigen in die Gondel zu helfen und sagte zum Gondoliere: »Fahren Sie los!«, als ob er sie bis ans Ende der Welt fahren sollte.

Der Gondoliere . . . die Gondel . . .

Das hieß freilich auch die Fahrt bezahlen.

Und das schöne, bunte Bild, die Siegesfahrt sollte also im Dunkel einer armseligen Tasche verschwinden, die auch nicht einen einzigen Soldo enthielt?

Mathematik ist Ansichtssache

Toutefoys ie n'en voulderoys mettre mon doigt au feu!

Rabelais, Pantagruel, II, 15

Sollte er den ersten besten, dem er begegnete, überfallen und berauben?

Die Leute anbetteln, die an seiner mißlichen Lage achtlos vorübergingen?

Seine Seele dem Teufel verschreiben, falls der sich noch immer mit solchen Händeln abgab?

Er fühlte sich durch die lächerliche Abhängigkeit vom Gelde gedemütigt: er fand sie einfach verächtlich und würdelos, ekelhaft und doch unüberwindlich.

Am liebsten hätte er etwas zerschlagen oder jemanden überfallen, um einen greifbaren Widerstand vor sich zu haben, auf den er sich stürzen konnte.

Dagegen bestand der einzige Widerstand, das einzige konkrete Hindernis in nichts anderem als dem blöden Versteckspiel der kleinen Metallstückchen und der verblaßten, oft genug auch schäbigen Scheine, die einem Menschen die Macht verliehen, zu tun und lassen, wozu er Lust hat.

Sollte er also schon auf die erste Etappe in einem neuen Leben verzichten, nur deshalb, weil eine Gondel sich nicht in Bewegung setzt und ein Gondoliere sich nicht über sein Ruder beugt, wenn keine klingende Münze in seine Hand fällt?

Paolo starrte unbeweglich auf die Lagune. Seine Zähne knirschten vor Zorn.

Aber die heitere Stimmung, die von dem schönen, klaren Himmel ausging, der sich gegen Abend bereits rötete, und das bewegte Spiel von Farben spendeten ihm Trost und guten Rat.

»Ruhe, Paolo! Überlege dir einen Ausweg, denn die Verzweiflung führt zu gar nichts.«

Auch die Erinnerung an seinen Film trug zu seiner Beruhigung bei: ein Körnchen Weisheit, das sich auf die Leinwand verirrt hatte. In einem Kriegsfilm sagte einer von jenen Typen, die immer guter Laune sind, zu seinem Kameraden, der vor dem feindlichen Feuer Angst hatte:

»Mensch, Kopf hoch! Angst ist albern, besonders wenn es darauf ankommt, daß man keine hat. Wenn du wieder hübsch zu Hause bist, kannst du dir den Luxus leisten, sooft du Lust hast. Hier ist Angst gefährlich.«

Tatsächlich: In einer solchen Lage ist Angst gefährlich.

Und Verzweiflung und Ärger noch mehr.

»Immer mit der Ruhe!« beschwichtigte Paolo sich selbst.

Er söhnte sich also mit der Lagune, den Menschen und dem hellen Himmel wieder aus, der nun nicht mehr den Eindruck machte, als ob er ihn zum besten haben wollte: Vielmehr schien er ihm mit seiner Klarheit helfen zu wollen, einen vernünftigen Gedanken zu fassen.

»An wen könnte ich mich wenden?«

Die Sinnlosigkeit der Frage brachte Paolo zum Lachen.

Wie sollte er sich an jemanden wenden in einer Stadt, in der er keinen Menschen kannte? Den Bürgermeister oder den Präfekten konnte er gewiß nicht angehen, weil er eine junge Dame zu einer Gondelfahrt einladen wollte ...

Cavaliere Anselmi, die einzige Person, die er kannte, obwohl das Geheimnis über den Anfang ihrer Bekanntschaft noch immer nicht gelüftet war, befand sich in Mailand.

Also tatsächlich niemand? Keine Menschenseele?

Doch. Es gab noch jemanden. Nicht gerade einen Freund, aber wenigstens ein nicht ganz unbekanntes Gesicht: der Herr mit dem gelben Koffer.

Da aber unsere Gedanken wie eine Kette aufgezogen und da auch die scheinbar zufälligsten fest miteinander verbunden sind, hatte Paolo einen Einfall – urplötzlich und wie gerufen: Wenn sich die Ringe reiben, sprühen die genialsten Funken.

Er beglückwünschte sich selbst dazu und kehrte ins Hotel Danieli zurück.

Der bartlose Vierziger, der in Ermangelung genauerer Personalien für Paolo einfach »der Herr mit dem gelben Koffer« hieß, befand sich noch in der Halle. Er saß neben seiner Frau und hörte geduldig einige bittere Betrachtungen über das Eheleben an.

Als er Paolo eintreten und auf sich zukommen sah, stand er auf und eilte ihm entgegen, bevor Paolo zu nahe war.

Paolo begriff: Der Herr litt unter furchtbaren Eifersuchtsqualen.

»Verzeihung, kann ich Sie einen Augenblick sprechen? Wollen wir uns hierher setzen?«

Das hieß, ein wenig von der Dame entfernt, die deshalb wahrscheinlich verärgert und beleidigt war.

Da Paolo beim Sitzen darauf achtete, ihr den Rücken zuzukehren, hatte er die Sympathie des Herrn gewonnen.

Seine Züge hellten sich auf, und aus Dankbarkeit für Paolos freundliche Rücksichtnahme, die ihn beruhigte, bot er ihm eine Zigarette an.

»Wir haben uns im Zug kennengelernt, erinnern Sie sich? Zwischen Rom und ...«

»Natürlich, ich erinnere mich genau. Und worum handelt es sich?«

»Ich weiß, daß Sie Ihre Fahrkarte verloren haben ...«

»Woher wissen Sie das denn?« fragte der bartlose Herr neugierig und wurde von neuem mißtrauisch. Aber er fügte rasch hinzu: »Sprechen Sie bitte leise, meine Frau weiß nichts davon. Gewiß, es ist eine Kleinigkeit. Aber Sie wissen ja, wie Frauen sind ... Wegen einer Lappalie manchmal ...«

Der Bartlose hatte »die Frauen« gesagt, denn er beurteilte alle Frauen nur nach einer. Ohne Xanthippe wäre Sokrates ein Epikur gewesen.

Paolo zögerte, bevor er antwortete. Ein Anflug von Ehrlichkeit drängte ihn, die Wahrheit zu sagen und die Fahrkarte dem rechtmäßigen Eigentümer zurückzugeben, dem er außerdem fünfzig Centesimi schuldete.

Aber dieser Akt von Ehrlichkeit hätte den Verzicht auf den schönen Gondeltraum und auf die Reise nach Padua bedeutet. Er bedeutete ferner, daß er ohne einen Soldo in der Tasche in Venedig bleiben müßte, ohne heimfahren zu können.

»Wie ich das weiß?« wiederholte Paolo. »Erinnern Sie

sich nicht mehr, daß Sie in meiner Gegenwart im Zug die Fahrkarte nachgelöst haben?«

»Ach ja«, entsann sich der Herr.

»Und da Sie doch wohl wieder nach Rom zurück müssen ...«

»Natürlich«, gab der Herr zu. Aber er fragte sich, woher der sympathische junge Mann auch das wußte, da er doch dem Schaffner gar nichts davon gesagt hatte. Doch wagte er ihn nicht zu unterbrechen.

»Eben. Nun muß ich selbst aus unvorhergesehenen Gründen plötzlich nach ... nach Wien, habe aber eine Rückfahrkarte für Rom.«

»Eine Rückfahrkarte für die Ausstellung?« fragte der bartlose Herr strahlend vor Freude und mußte sich mit Gewalt beherrschen, um nicht laut zu reden.

»Ja freilich!«

»Ausgezeichnet, mein Lieber. Die wollen Sie mir natürlich abtreten. Ich nehme sie selbstverständlich sofort. Sie wissen ja, wie die Frauen sind ... Sie helfen mir wirklich aus der Klemme.«

Paolo nickte nur zustimmend mit dem Kopf.

Die Dame hatte sich inzwischen erhoben, verärgert darüber, daß Paolo sie immer noch übersah, und war in ihr Zimmer hinaufgegangen. Der Umstand erlaubte dem Herrn, seine Freude über die glückliche Fügung unbedenklich zu äußern:

»Was für ein guter Zufall! Daß Sie gerade in meinem Abteil saßen, als der Schaffner ... Also geben Sie mir Ihre Karte.«

Beide zückten zu gleicher Zeit und mit gleicher Freude ihre Brieftaschen und entnahmen ihnen zwei verschiedene Papiere: den Fahrschein und den Geldschein.

»Die Fahrt von Venedig nach Rom«, bemerkte der bartlose Herr, den die Freude besonders geistreich machte, »kostet ... das gleiche wie die Fahrt von Rom nach Venedig.«

Er lachte über seinen eigenen Witz und seufzte:

»Ich weiß es noch genau, weil ich es im Zug bezahlt habe: Zweihundertvierundfünfzig Lire ...«

Paolo fand es nur recht und billig, wenn er dem guten Mann, der sich mit Vergnügen bereit erklärte, etwas zurückzuerwerben, was ihm rechtmäßig gehörte, wenigstens einen guten Rabatt gewährte. Eine Preisermäßigung würde das Geschäft auch sauberer gestalten.

»Halbieren wir den Preis. Also 254 durch 2 ...«

Der Bartlose nickte zustimmend mit Kopf und Händen. Er hätte für das grüne Stück Pappe auch weit mehr gezahlt, denn es ersparte ihm auf der Rückreise eine Szene.

Aus Angst, das Geschäft möchte sich zerschlagen, zählte er rasch das Geld:

»Hundert ... hundertzwanzig ... hundertfünfundzwanzig.«

»In Ordnung«, unterbrach ihn Paolo, indem er sich erhob, »lassen Sie doch die Kleinigkeit!«

»Nein«, protestierte der andere, »warum sollen Sie das auch noch verlieren? Sie haben doch wirklich schon genug zugesetzt! Also: hundertfünfundzwanzig ... Ich schulde Ihnen noch zwei Lire.«

»Dann schulden Sie mir nur eine Lira fünfzig«, widersprach Paolo lächelnd.

»Wieso?«

»Erinnern Sie sich nicht, daß Sie mir vor ein paar Stunden auf dem Canal Grande liebenswürdigerweise eine halbe Lira geliehen haben, um die Überfahrt zu zahlen? Erlauben Sie mir, daß ich Ihnen wenigstens die zurückgebe.«

Der bartlose Herr konnte nicht ahnen, wieviel Aufrichtigkeit in dem »wenigstens« lag.

Wer einen Schatz findet, findet auch einen Freund

Die Beziehung zwischen zwei vernünftigen Wesen, um deretwillen jedes von beiden seine Freiheit durch den Begriff der Möglichkeit der Freiheit des andern einschränkt, heißt Rechtsbeziehung.

Fichte, Grundlagen des Naturrechtes, Jena 1796, Seite 54

Paolo fand, daß die hundertsechsundzwanzigeinhalb Lire für den Anfang genügten, um die Eroberung der Welt zu wagen.

Als er aus dem »Danieli« auf die Riva degli Schiavoni trat, hatte sich der Himmel schon violett verfärbt, und die ersten Lichter warfen ihren zitternden Widerschein über das dunkle Wasser der Lagune.

Das große Becken mit den vielen tanzenden Lichtreflexen erschien Paolo wie eine riesige Werft, auf der eine Übersee-Expedition vorbereitet wurde.

Er fühlte sich größer und stärker, überdies vergnügter und heiterer.

Das alles wegen hundertsechsundzwanzigeinhalb Lire.

Trotzdem hatte er sich jede Möglichkeit zur Rückfahrt nach Rom abgeschnitten, als er das kleine Stück grüne

Pappe, dieses wunderliche Zauberbillett, das so unvermutet in sein Leben eingegriffen hatte, dem rechtmäßigen Eigentümer wieder verkauft hatte.

Er prüfte sich auch ein wenig auf Herz und Nieren, um sein Gewissen zu entlasten.

Es ist gesetzlich verboten, andern Personen seine Fahrkarte abzutreten. Ein sonderbares Gesetz, das zwischen Zug und Fahrgast ein eigenartiges Sympathieverhältnis herstellt, gerade als ob es den Zug weniger anstrengte und er weniger Kraft verbrauchte, wenn er den gleichen Reisenden zurückbringt, den er hingefahren hat. Aber Gesetz ist Gesetz.

Paolo hatte es im übrigen nicht verletzt. Er hatte die Fahrkarte nicht »abgetreten«, sondern sie dem rechtmäßigen Eigentümer zurückerstattet.

Wenn höhere Gewalt Paolo veranlaßt hatte, sie für die Fahrt von Rom nach Venedig zu benutzen, so änderte das nichts an der Tatsache, daß sie von Rechts wegen dem Herrn mit dem gelben Koffer gehörte.

Wieso hatte dann aber der rechtmäßige Eigentümer für die Rückgabe das Himmelsgeschenk von hundertsiebenundzwanzig Lire zahlen müssen?

Paolo hatte ihn also betrogen?

Auch über diesen Punkt fand Paolo den rechten Weg, um sein Gewissen zu beschwichtigen:

Hätte ich die Fahrkarte nicht gefunden, so wäre nichts von dem geschehen, was geschehen ist. Infolgedessen ist der Herr mit dem gelben Koffer irgendwie für meine Reise verantwortlich. Die Fahrkarte gehört zwar ihm, aber die Rückreise muß er mir schon bezahlen. Oder wer sonst? Schließlich hat er mir auch nur einen Teil bezahlt.

Diese Logik hatte durchaus Hand und Fuß. Sonnenklar war auch die andere Seite des Dilemmas:

Wenn ich die Fahrkarte nun nicht gefunden hätte? Dann hätte sie der Herr mit dem gelben Koffer nie wiedergesehen. Er hätte eine andere für die Rückfahrt nach Rom lösen müssen, und zwar zum vollen Preis. Daraus ergibt sich: Indem ich sie ihm zum halben Preis verkauft habe, habe ich ihm hundertsiebenundzwanzig Lire geschenkt.

Aber er wollte noch nobler vor sich selbst dastehen:

Außerdem habe ich ihm umsonst dazu verholfen, den gewiß nicht sanften Vorwürfen seiner gesetzlich angetrauten Frau Gemahlin zu entgehen.

Er kam bei diesen moralisch-ökonomischen Überlegungen bei der Aufrechnung von Soll und Haben zu dem Ergebnis, daß im Grunde eigentlich er, Paolo, der Gläubiger des Herrn mit dem gelben Koffer war und daß er von ihm geradezu einen Schadenersatz verlangen konnte ...

Aber war er dem Unbekannten wirklich keinerlei Dank schuldig?

Paolo vertauschte die Rollen, und die Bilanz belebte sich sogleich mit rosigen Ziffern, wenn er daran dachte, daß er ohne die neben dem Telefon im Café gefundene Fahrkarte in Rom geblieben wäre. Dort aber hätte er im düsteren Büro der Openmouthed Picture Co. für das italienische Publikum weiterhin amerikanische Liebesfilmszenen übersetzt, ohne die schönste von allen, seine eigene, zu erleben.

Die moralische Rechnung schloß mit einer großzügigen Quittung ab, durch die der Herr mit dem gelben Koffer jeder Schuld ledig war. Denn er hatte ihm die Möglichkeit verschafft, sein Leben plötzlich anders zu gestalten und auf seinem Wege einem Mädchen zu begegnen ...

Paolos Gedanken eilten geschwind in die Ferne, in ein abenteuerliches Märchenland. Und die Lichter über der Lagune, die hellen Pünktchen und die glitzernden Schaumstreifen, die im Zickzack über das Wasser tanzten, trugen dazu bei, seiner Phantasie Schwingen zu verleihen.

Auch eine eigentümliche Dumpfheit im Kopf trug dazu bei. Er spürte eine allgemeine Mattigkeit und erinnerte sich, daß er noch nichts gegessen hatte.

Der gute Geist mit dem gelben Koffer hatte ihn mit dem grünen Schein bisher richtig geführt.

Nun gab er ihm die Möglichkeit, mit zwei Banknoten und etwas Kleingeld – hundertsechsundzwanzig Lire fünfzig – den gewaltigen Appetit zu stillen, den man in Venedig bekommt. Überdies konnte er mit seiner Hilfe einen Ausgleich zwischen den Phantasien eines Verliebten und dem nicht eben glänzenden Zustand seines Äußeren nach zwei Tagen Abwesenheit von Rom schaffen.

Als Paolo aus einem Restaurant, einem Wäschegeschäft und einem Friseurladen heraustrat, hatte er das Gefühl, das Leben lächle ihm allmählich wieder zu.

Um fünf war Miss Clara H. Naldieri mit amerikanischer Pünktlichkeit bereit.

Um fünf betrat Paolo mit der Pünktlichkeit des Verliebten das »Danieli«.

So wie er es kurz vorher geträumt hatte, bot er ihr den Arm, um ihr in die Gondel zu helfen.

»Zum Bahnhof«, sagte Paolo zum Gondoliere, nachdem sie auf den Kissen Platz genommen hatten. Ihm war zumute, als gäbe er nicht einem einfachen barcariòl einen Auftrag, sondern wäre der Admiral einer ganzen venezianischen Flotte, die auszog, neues Land zu erobern.

Eine Gondel.

Kein Fahrzeug in der ganzen Welt gleicht in Bau und Wesen einer Gondel.

Sie hat keinen Kiel. Es sieht aus, als ob sie gar nicht im Wasser läge, sondern es nur eben streifte und nicht vom Wasser, sondern von der eigenen Behendigkeit still dahingetragen würde.

Der Gondoliere steht am Heck. Er rudert nicht, sondern vollführt eine Art hieratischen Tanz in einem sanften Rhythmus, einen eigentümlichen musikalischen Ritus, der nur aus Bewegungen besteht, gerade als wollte er die Seligkeit des Glückes beschwören. Er zieht die geheimnisvollen Kräfte der Poesie und Träumerei der Lagune in seinen Bann und überträgt sie auf zwei menschliche Wesen, die sich seinem Zauber anvertraut haben.

Darum ist eine Gondel nur dann eine Gondel, wenn sie zwei Verliebte trägt . . .

Wer einen neuen Weg gegen den alten vertauscht, tut wohl daran

Piazza Cavour – Quartiere Monte Sacro.
Richtungsschild in Rom an der Straßenbahn Nr. 17

»Diesen lieben, sympathischen Freund hat mir die Vorsehung gesandt«, sagte Cavaliere Anselmi, als er nach seiner Rückkehr aus Mailand Paolos Brief im Hotel vorfand, mit dem ihn dieser von seiner Fahrt nach Padua in Kenntnis setzte. Er habe sich der Sache mit großem Eifer angenommen, schrieb er, und hoffe auf Erfolg. Er werde morgen früh zurückkommen oder im Falle einer Verzögerung telegrafieren.

Es war bereits am andern Morgen.

Anselmi wartete in der Hotelhalle. Er zermarterte sein Gehirn wieder mit einer Frage, die ihn nach Paolos Brief noch stärker quälte.

Die Schrift und der Name Paolo Rubini waren ihm durchaus unbekannt.

Wo hatte er den jungen Mann nur kennengelernt? Wie? Und wann?

Die ihm vertrauten Gesichtszüge, die auf nähere Bekanntschaft schließen ließen, waren, soviel Anselmi auch nachdachte, mit keinem besonderen Ereignis, keinem Beisammensein – kurz, mit nichts in Zusammenhang zu bringen, was ihn auf die richtige Spur brachte.

Der Mundart nach war er Römer; auch Anselmi war Römer.

Hatten sie sich in Rom oder anderswo kennengelernt?

Er hatte das unbestimmte Gefühl, ihn seit langer Zeit zu kennen. Er war bereits seit zwei Jahren nicht mehr in Rom.

Und vor zwei Jahren, bevor er Rom verließ ...

Cavaliere Anselmi ließ seine verschiedenen Tätigkeiten in Rom an sich vorüberziehen. Er ging im Geiste noch einmal alle kaufmännischen Büros durch, um sich die Gesichter vorzustellen, die ihm dort begegnet waren. Umsonst.

»Guten Tag, Cavaliere Anselmi!«

Paolo Rubini schritt mit der heiteren Miene des Mannes auf ihn zu, der sich des Tages und seiner Jugend freut.

Anselmi konnte nicht wissen, daß ein großer Teil der Freude nicht auf geschäftliche, sondern auf ganz andere Gründe zurückzuführen war.

»Sie sind wirklich zu nett, lieber Rubini«, sagte er und merkte, daß er den Namen zum ersten Male in seinem Leben aussprach, »es tut mir leid, daß Sie sich meinetwillen die Mühe gemacht haben und nach Padua gefahren sind.«

Für ihn? Paolo mußte ein gutmütig-ironisches Lächeln unterdrücken.

»Aber kommen wir zur Sache«, fuhr Anselmi fort, »Geschäft ist Geschäft, wie die Engländer sagen: Bisne ... ach, wie schade, daß ich kein Englisch kann. Auch bei Mr. Gowen wäre es angebracht gewesen.«

»Mr. Gowen hat eine Sekretärin, die wunderbar italienisch spricht.«

Und da Paolo plötzlich in sich versunken innehielt, drängte Anselmi:

»Sagen Sie mir also, war Mr. Gowen mit einem Aufschub einverstanden?«

»Nein. Es war ihm unmöglich, weil er gestern abend nach Wien abgereist ist.«

Der enttäuschte Ausdruck auf Anselmis Gesicht veranlaßte Paolo, seinen Freund sogleich zu beruhigen:

»Machen Sie sich keine Sorgen. Alles ist abgemacht, und ich glaube, zu noch besseren Bedingungen, als Sie hoffen durften.«

Er zog aus der Tasche einen maschinengeschriebenen Bogen, den er zärtlich betrachtete. Aber Anselmi würde sich gewiß wundern, wenn er in seiner Gegenwart die Zeilen küßte, die sie geschrieben hatte ...

Schluß jetzt mit den süßen Träumen.

»Also Mister Gowen« – und mit dem »Also« zog er die Segel seiner Phantasie ein – »Mister Gowen ist bereit, Ihnen die Generalvertretung der B. & O. Co. für Italien zu überlassen ...«

Anselmi schüttelte ihm herzlich die Hand. Der Händedruck war aber nur ein Ersatz; am liebsten hätte er ihn umarmt.

»Wie Sie aus der Option sehen, die ich Ihnen mitgebracht habe, liegt die Mindestzahl von Abschlüssen über dem unteren Limit, das Sie mir bei Ihrer Abfahrt nannten ...«

»Da haben Ihnen alle Heiligen beigestanden!« rief Anselmi ...

»Nicht gerade die Heiligen, aber ein Engel hat mir geholfen«, erwiderte Paolo und freute sich, daß er mit einem Wortspiel eine himmlische Erscheinung beschwören konnte.

In der Veranda eines Gasthauses am Lido überprüften Anselmi und Paolo noch einmal das Angebot Mr. Gowens, der auch die Möglichkeit offengelassen hatte, einige Zweigstellen in Italien zu eröffnen.

»Wählen Sie sich eine davon, lieber Rubini. Welche möchten Sie gern? Wollen Sie Rom?« Mit diesem Angebot glaubte Anselmi, einer Verpflichtung zu genügen.

Er erfüllte wirklich eine Pflicht damit, ohne es zu wissen. Die Klausel hatte nämlich Mr. Gowen auf Anraten seiner Sekretärin hinzugefügt.

Als sie an Deck des Dampfers nach Venedig zurückfuhren, schaute Anselmi verstohlen auf Paolo, der neben ihm saß, und fragte sich wieder, wo sie sich nur kennengelernt hatten.

Paolo fragte sich das gleiche, und keiner ahnte etwas von der Qual des andern.

Der Dampfer näherte sich mittlerweile der Anlegestelle.

»Halt!« rief der Kapitän aus seinem Häuschen, »zurück!«

Die Schraube am Heck kreischte, und als der Dampfer abstoppte, gab es einen kleinen Ruck. Durch die Erschütterung wurde Anselmi gegen seinen Gefährten gestoßen.

Der unerwartete Stoß weckte in Paolo die Erinnerung an einen ähnlichen Vorfall. Es war in der Straßenbahn in

Rom. Durch ein ruckartiges Bremsen wurde ein Herr gegen ihn gestoßen. Diesen Herrn hatte er sehr oft in der Linie 17 gesehen.

Als Paolo in Erinnerung an diesen Vorfall ein Licht aufging, mußte er herzlich lachen.

Anselmi schaute ihn an, über die plötzliche Heiterkeit verwundert.

»Was ist los? Worüber lachen Sie denn?«

Paolo lachte weiter.

»Verzeihen Sie, lieber Cavaliere Anselmi«, sagte er, sobald er wieder sprechen konnte, »wissen Sie ... wissen Sie, daß wir beide uns überhaupt nicht kennen?«

Verwirrt gab auch Anselmi zu:

»Tatsächlich. Wo haben wir uns denn aber kennengelernt?«

»Wir haben uns überhaupt nicht kennengelernt, lieber Cavaliere. Wir haben uns nur vor ein paar Jahren öfters in der Straßenbahn Nr. 17 in Rom gesehen.«

Eine Schwalbe macht schon den Sommer

Die Kunst des Abmessens besteht in der genauen Abschätzung der Entfernung, die den Fechter vom Gegner trennt, damit er sofort die Zeit berechnen kann, welche die eigene Waffe zur Ausführung einer bestimmten Wendung benötigt, um wirksam zu sein.

Jacopo Gelli, Scherma Italiana, Mailand 1927, Seite 52

An einem Tisch sitzen, auf den die Sonne scheint, in einem Zimmer mit hellen Fenstern, das nach Farbe riecht und von neuen Möbeln und neuer Tätigkeit glänzt!

Paolo fühlte sich an dem Tisch wie auf der Kommandobrücke eines Schiffes, das seinen Kurs nach einem ferne leuchtenden Ziele steuert.

Unwahrscheinlich weiß, wie er es nie zuvor gesehen zu haben meinte, waren die schönen Bogen, die soeben aus der Druckerei gekommen waren und den Aufdruck trugen:

B. & O. Co.
Agentur Rom

Paolo nahm den ersten Bogen vom Stapel, lächelte ihm wie einem Freund zu und dachte:

»Der erste Bogen ist für sie.«

Er hielt einen Augenblick die Feder in der Hand und schaute durch das geöffnete Fenster zum Himmel hinauf. Am liebsten hätte er ein recht großes Stück blauen römischen Himmel auf das weiße Papier gebannt.

So begann er den Brief, indem er ihr von dem wunderbaren Himmel erzählte, der wie alles, was er bisher mit ihr erlebt hatte, als gutes Vorzeichen zu gelten habe. Das Büro sei eingerichtet, morgen beginne die Arbeit.

»Wie Sie sehen, nehme ich Sie beim Wort. Sie sagten mir, ich solle Ihnen immer schreiben, wenn ich den Wunsch verspürte und Ihren Rat für meine Arbeit brauchte.«

Und Paolo fühlte das Bedürfnis, ihr, die ihm ferne war, die Räume zu beschreiben, in denen sich ab morgen die Tätigkeit der »B. & O. Company« in Rom abspielen sollte.

Er schrieb ihr diesen Brief wie die früheren mit dem Vorwand, ihren Rat zu erbitten.

Aber er fragte sie gar nicht um Rat: Was er ihr schrieb, hatte eigentlich überhaupt nichts mit der B. & O. Co. zu tun.

Doch Paolo stellte sich vor, daß sich Clara, benommen von Benzingeruch in den überfüllten Straßen von New York oder eingepfercht im Büro eines geometrisch gebauten Wolkenkratzers, über seine Briefe freuen würde. Sie würde darin ein wenig italienischen Himmel und römische Sonne spüren: das Gemurmel glitzernder Brunnen, die Harmonie der Mittagsglocken vom Pincio, auch wenn das alles mit den Geschäften der B. & O. Company herzlich wenig zu tun hatte.

Clara mußte seine früheren Briefe schon erhalten haben.

Auf den ersten hatte sie ihm ziemlich kurz geantwortet, aber ihm herzliche Grüße gesandt und guten Erfolg auf seinem neuen Lebenswege gewünscht.

Paolo hatte einen längeren Brief erwartet, wenn auch nicht so lang wie seine eigenen. Dann hatte er sich mit dem Gedanken getröstet, daß sich bei ihrer Rückkehr nach New York gewiß viel Arbeit auf dem Schreibtisch angesammelt hatte.

Wie sah ihr Schreibtisch aus? Und das Büro? Und wie verlief ihr Tag?

Er hatte sie dies und anderes in einem seiner ersten Briefe gefragt, der bereits vor zwanzig Tagen an sie abgegangen war.

Die Antwort konnte jederzeit eintreffen, sie müßte eigentlich schon da sein.

Paolo dachte darüber nach, als er über die Piazza delle Terme ging, um am Bahnhof den Brief eigenhändig einzustecken, in welchem er sie noch einmal alle diese für die Arbeit der B. & O. Company so wichtigen Dinge fragte.

Wann würde sie den Brief in Händen haben?

Vielleicht kreuzte er sich auf dem Ozean mit einem Brief von ihr; vielleicht war schon einer in Italien und auf dem Weg zu ihm.

Und wenn nun Clara ihm nicht mehr geschrieben hatte? Wenn sie Venedig schon vergessen hatte und an ihn nur dachte wie an einen der vielen Angestellten der Firma, die auf der ganzen Welt verstreut waren?

Nein. Das war unmöglich. Die Piazza delle Terme sah zu fröhlich aus mit den Brunnennymphen, die in der Sonne lächelten.

Auch Clara lächelte drüben gewiß, wenn sie an ihn dachte.

Vielleicht hatte sie wieder schnippisch ihr »Oh!« gerufen, als sie seine Briefe erhielt.

Entzückende Frechheit!

Am klaren Himmel beschrieben zwei dunkle Schwingen einen weiten Bogen: eine Schwalbe.

In zwölf Tagen ist auch dieser Brief in ihren Händen, dachte Paolo und streichelte den Umschlag. Wenn ich eine Expreßmarke aufklebe, hat sie ihn eine halbe Stunde früher.

In Worten nicht, in Werken viel, bringt am geschwindesten zum Ziel

Für Unbefugte Eintritt verboten
Plakat an den Baustellen

Endlich, endlich.
Ein Brief von ihr.

»Lieber Herr Rubini,

Leider muß ich Ihnen mitteilen, daß ich mich wohl getäuscht habe, als ich Sie Mr. Gowen als energischen Geschäftsmann empfahl.

Ein Geschäftsmann, ein business man, hat keine Zeit zu verlieren und weiß stets genau, was er will.

Ich frage mich, wieviel Zeit Ihnen für ernsthafte Dinge bleibt, wenn Sie den größten Teil des Tages damit verbringen, mir Albernheiten zu schreiben, die nichts mit der ›B. & O. Co.‹ zu tun haben und infolgedessen Mr. Gowens Sekretärin nichts angehen.

Mit jeder Post aus Europa empfange ich einen Brief von Ihnen, der dem vorigen gleicht.

Ich habe sehr viel zu tun und keine Zeit für Plaudereien, auch wenn sie mehr oder weniger poetisch sind.

Wenn Sie mir nichts Ernsthaftes mitzuteilen haben, so sparen Sie sich dieses waste of time und widmen die Zeit lieber dem Gedeihen Ihrer Agentur.

In Ihrem heutigen Brief bitten Sie mich um meine Fotografie, um sie in Ihrem Büro aufzuhängen.

Ich glaube kaum, daß das Büro der B. & O. Co., Agentur Rom, der geeignete Platz für mein Bild ist.

Clara H. Naldieri
Secretary«

Was sollte der Brief bedeuten?

Obendrein mit Maschine geschrieben!

Paolo las ihn immer wieder, und jedes Mal las er etwas anderes daraus.

Die stahlblauen Buchstaben in ihrer trockenen Gleichförmigkeit brachten ihn zur Verzweiflung wie eine unlösbare Rechenaufgabe.

War der Brief arrogant? Oder wollte sie ihn aufziehen und alles war doppelsinnig gemeint?

Hatte er zu viel oder zu wenig gesagt?

Der geeignete Platz für ihre Fotografie sei nicht hier im Büro. Wo denn sonst?

»Wenn Sie mir nichts Ernsthaftes mitzuteilen haben ...«

Was meinte sie mit nicht ernsthaft? Die geschäftlichen Angelegenheiten der B. & O. Co. oder daß er nicht frei und offen über seine wahren Gefühle sprach?

Je öfter Paolo den Brief las, um so mehr glaubte er seinen Sinn richtig erfaßt zu haben: Ja, sie wollte von ihm ein offenes Geständnis über seine wahren Gefühle.

Als er sich zu seiner Freude davon überzeugt hatte, las er den Brief noch einmal. Doch der sagte ihm nun das genaue Gegenteil: Er rief ihn streng zur Ordnung und enthielt die unzweideutige Aufforderung, sich nicht in

Gefühlsduselei zu verlieren, sondern sich um die römische Agentur der B. & O. Co. zu kümmern.

Paolo beschloß:

»Ich schreibe ihr nicht mehr.«

Aber er schrieb mit der Maschine einen Brief an die Generaldirektion, in dem er einen sachlich genauen Bericht über die Agentur gab, die bereits über alle Erwartungen gut einschlug.

Er blieb bis spät abends und schuf ein wahres Meisterwerk geschäftlicher Präzision, indem er einen Plan für den weiteren Ausbau des Geschäftes entwarf.

Er achtete sorgfältig darauf, daß im ganzen Brief kein Wörtchen zu viel stand.

Befriedigt wie eine Stratege, der seinen Plan geometrisch klar vor Augen sieht, überlas er ihn nochmals.

Als er fertig war, sagte er zu sich selbst:

Das ist die beste Antwort. Jetzt wird sie sehen, ob ich ein business man bin oder nicht.

In der nächtlichen Stille glaubte er als Antwort ein »Oh!« zu vernehmen, schnippisch und fröhlich.

Da begriff er, daß dies noch nicht die beste Antwort war.

Wieder schrieb er, und die Feder flog über das Papier. Es wurde ein Liebesbrief – nicht an die Generaldirektion, sondern an sie, an Clara.

Sie wünschte, daß er ihr über ernste Dinge schrieb? Nun denn – für ihn gab es nur eine einzige große und ernste Sache: daß er sie liebte, sie anbetete und ohne sie nicht mehr leben konnte.

Er hatte das neue, arbeitsreiche Leben in der Jagd nach Erfolg nur deswegen mit so viel Schwung begonnen, weil er es mit ihr weiterführen wollte.

Seite an Seite mit ihr würde er die Welt als business man wirklich erobern. Er wollte das Glück fest beim Schopfe packen, das ihm der Zufall in die Hände gespielt hatte.

Das Unmögliche würde ihm gelingen an ihrer Seite und mit ihr, die er anbetete.

Beide Briefe gingen morgens in der Frühe weg, einer für die Generaldirektion der B. & O. Co. und der andere für Miss Clara H. Naldieri: »Vertraulich, persönlich.«

Natürlich durch Eilboten.

Schweigen ist Silber, Reden ist Gold

Telegrammtarif nach Nordamerika:
Goldlire 1,75 das Wort.

Er bereitete sich auf zwanzig oder fünfundzwanzig Tage voll fieberhafter Erwartung vor.

Er brauchte nur halb so lange zu warten.

Als dann ein Telegramm kam, glaubte Paolo mindestens zehn Minuten lang, er sei herzkrank.

Es war ein außergewöhnliches Telegramm nach Länge und Inhalt:

»My dear Paolo stop Ihre Anwesenheit hier unerläßlich stop Mister Gowen billigt Projekt aber Sekretärin wagt nicht ihn zu kränken durch Ankündigung ihrer Absicht nach Italien überzusiedeln stop Sie können ihm alles erklären stop I love you und erwarte Sie Clara«

Navigare necesse est, vivere est necesse

Könnt' ich am Mond
einen Griff anbringen –
welch himmlischer Fächer!
»Hai-kai« des japanischen Dichters Sòkan

Auf dem Vorderdeck des »Augustus« ...

Sein Bug ist nach Europa gerichtet.

Paolo hält Clara umschlungen:

»Clara, jedesmal, wenn ich im Film eine Szene sah ... eine Schlußszene, wie wir sie jetzt spielen, überfiel mich die Sehnsucht nach Ferne, Leben, Liebe. Ich kannte dich noch nicht, aber ich wußte, daß du kommen würdest. Darum fand ich alle Filme schön, die so zu Ende gehen, mit einem Kuß, einem langen, unendlichen Kuß, während der Vorhang fällt, ganz leise und langsam ...«

Bitte beachten Sie auch die folgenden Seiten

Venedig im Diogenes Verlag

• Alfred Andersch
Die Rote
Roman

• Joan Aiken
Angst und Bangen
Roman. Aus dem Englischen von Renate Orth-Guttmann

• Federico Fellini
Casanova
Aus dem Italienischen von Inez de Florio-Hansen und Dieter Schwarz. Mit 54 Fotos

• Paul Flora
Die welke Pracht. Venezianische Zeichnungen und Geschichten. Mit einem Essay des Autors

• Patricia Highsmith
Venedig kann sehr kalt sein
Roman. Aus dem Amerikanischen von Anne Uhde

• Donna Leon
Venezianisches Finale
Commissario Brunettis erster Fall. Roman. Aus dem Amerikanischen von Monika Elwenspoek

• Ian McEwan
Der Trost von Fremden
Roman. Aus dem Englischen von Michael Walter

• William Shakespeare
Othello
Der Kaufmann von Venedig
Beide Bände in der Übersetzung von Schlegel/Tieck. Edition von Hans Matter, Illustrationen von Johann Heinrich Füßli

• Georges Simenon
Der Zug aus Venedig
Roman. Aus dem Französischen von Liselotte Julius

• Muriel Spark
Hoheitsrechte
Roman. Aus dem Englischen von Mechtild Sandberg

• Silvio Toddi
Einmal Venedig und zurück
Eine Liebesgeschichte für Optimisten. Aus dem Italienischen von Lisa Rüdiger

• Giorgio Vasari
Lebensgeschichten der berühmtesten Maler, Bildhauer und Architekten der Renaissance
Mit 27 ganzseitigen Porträts. Herausgegeben von Ernst Jaffé. Mit einem Nachwort von Marianne Bernhard

• Das große Märchenbuch
Die Diebe in der Schatzkammer des Dogen von Venedig und weitere 99 der schönsten Märchen aus Europa. Gesammelt von Christian Strich. Mit über 600 Bildern von Tatjana Hauptmann

Vitaliano Brancati im Diogenes Verlag

Paolo der Heißblütige

Roman. Aus dem Italienischen
von Arianna Giachi

»Wenn das Prädikat nicht inzwischen schon abgegriffen wäre, dann würden wir sagen, daß Brancati mit vollem Recht als ein Klassiker bezeichnet werden kann. Worin besteht seine Klassizität? Vor allem in den formalen und inhaltlichen Grenzen, die er sich setzte, nachdem er sie in sich selbst und in der Wirklichkeit entdeckt hatte; dann in der besonderen Qualität seiner Begabung, die viel Volkstümliches und Archaisches an sich hat; und schließlich in seinem Stil, der den Dingen und den Figuren treu ist, in der Darstellung realistisch und objektiv, im Ausdruck subjektiv und lyrisch. Auf seine Weise war Brancati ein vollendeter Schriftsteller, und seine Bücher geben dem Leser jenes Gefühl von Zufriedenheit und Ruhe, das gerade die klassischen, also die vollkommen abgeschlossenen und klar konturierten Werke vermitteln.« *Alberto Moravia*

Don Giovanni in Sizilien

Roman. Deutsch von Hans Hinterhäuser

»Ein Roman über den *gallismo* des sizilianischen Mannes, seine Art, als gackernder Hahn ständig auf seine Potenz aufmerksam machen zu müssen. Mit viel Sinn für Situationskomik und satirischen Witz, in schnell wechselnden Szenen erzählt Brancati von Don Giovanni, der sich und uns vorspielt, er dränge zum Weibe, und der tatsächlich die Weiber panisch flieht.«
Frankfurter Allgemeine Zeitung

»Ob sie Leonardo Barini heißen, Giovanni Percolla (*Don Giovanni in Sizilien*), Antonio Magnano (*Der schöne Antonio*) oder Paolo Castorini (*Paolo der*

Heißblütige), Brancatis männliche Helden sind lethargische Müßiggänger, Schwadroneure, Dandys. Jugendliche Feinnervigkeit, die zugleich die Müdigkeit vieler Jahrhunderte auf ihren Lidern spürt. Das Leben ein Traum – auch ein Alptraum; das Leben ein Spiel, und der Bajazzo weint dazu.« *Die Weltwoche, Zürich*

Leonardos Freude

Roman. Deutsch von Jürgen Bauer

Vier junge, wohlhabende Bürgersöhne der imaginären sizilianischen Provinzstadt Nataca haben im Sinn, nach Rom zu reisen, um Karriere zu machen. Aber Jahr um Jahr verstreicht in sehnlicher Erwartung des Tages, der ihnen die Kraft geben wird, ihren Entschluß endlich auszuführen – gegen die Macht der Mütter... Eine geniale epische Vorwegnahme von Becketts *Warten auf Godot.*

»Heitere, erfindungsreiche, ergötzliche Variationen über das Warten, im Innersten verwandt mit Tomasi di Lampedusas *Gattopardo.*« *Alice Vollenweider*

Der schöne Antonio

Roman. Deutsch von Arianna Giachi

»In *Der schöne Antonio* nimmt Brancati das Thema des erotikbesessenen Sizilianers, das er im *Don Giovanni* als ausgelassenes Divertissement geschildert hatte, wieder auf – diesmal aber im Klima der Tragödie. Was den schönen Antonio, von dem alle glauben, er sei ein Frauenheld, an der Erfüllung seiner hitzigen Wünsche hindert, ist nicht wie bei Giovanni eine lähmende Schüchternheit, sondern Impotenz. Er ist nicht imstande, die Ehe mit der schönen, reichen und von ihm über alles geliebten Barbara Puglisi zu vollziehen. In dieser extremen Situation enthüllt sich die sizilianische Erotomanie in ihrer ganzen Absurdität.« *Alice Vollenweider*

Walzertraum

Erzählungen. Deutsch von Linde Birk

Dieser Band dokumentiert auf einmalige Weise Brancatis literarische Entwicklung. Bereits mit einundzwanzig Jahren hat er sein Thema gefunden: die heitere, verrückte und groteske menschliche Komödie, dargestellt am Beispiel Siziliens, aber mitnichten auf diese Region beschränkt: Seine ›sizilianische Insel‹ liegt außerhalb des irdischen Meridiansystems. Mit dem *Walzertraum* liegt ein literarischer Glücksfall vor: Die einzigartige Verschmelzung realistischer und allegorischer Elemente mit aller Ironie und dem Humor, der Brancatis beste Werke auszeichnet; als scharfer und zugleich liebenswürdiger Moralist schreibt er Sittengeschichte.

»Brancatis Werk ist mehr als eine geistreiche, delikate und farbige Gesellschaftssatire von einzigartiger atmosphärisch sinnlicher Dichte; in der steten Umkreisung und Vertiefung der das sizilianische Leben dominierenden Hauptmotive der Erotik, der Langeweile und, mit beiden eng verwandt, des Schlafs und des Todes, stößt er in das Chaos vor, das dieses Leben umfaßt und als bunten Traum erscheinen läßt.« *Neue Zürcher Zeitung*

Der Alte mit den Stiefeln

Erzählungen. Deutsch von Helmut Mennicken.
Mit einem Vorwort von Geno Pampaloni

In Brancatis Erzählungen voller Tempo und Witz scheinen die Personen zu explodieren, farbig, indiskret, unvermutet, alle von jenem Geist durchdrungen, der Gestalten wie den *Schönen Antonio* oder *Don Giovanni in Sizilien* berühmt gemacht hat. Aus dieser Sammlung von heiter-melancholischen, surrealen und phantastischen, bitterbösen und romantischen Geschichten ragt *Der Alte mit den Stiefeln* heraus, der die Grundlage für den Film *Anni difficili* von Luigi Zampa geliefert hat. Unter den wenigen authentischen

Klassikern des zwanzigsten Jahrhunderts ist Brancati heute einer der aktuellsten.

»Brancatis Romane wie seine Geschichten zeichnen sich durch eine unglaubliche Leichtfüßigkeit des Erzählens aus, durch einen heiteren Schwebeton, obwohl die Inhalte, der Untergang seiner Heroen und Heroinnen, den andalusischen Schicksalen der Lorca-Figuren an Schwere in nichts nachstehen.«
NDR, Hamburg

Luciano De Crescenzo im Diogenes Verlag

Luciano De Crescenzo braucht man ihn noch vorzustellen? – ist jener charmante ehemalige Ingenieur aus Neapel, der mit seiner *Geschichte der griechischen Philosophie,* mit *Also sprach Bellavista* (der auch als Film in den Kinos ein Riesenerfolg war) den deutschen Sprachraum und alle Bestsellerlisten eroberte. Ein echtes »Medien-Dauerfeuerwerk.« *Die Zeit*

»Der Mann ist eine Wundertüte, die sich, verblüfft über den eigenen Inhalt, unablässig und mit diebischer Freude selbst über die Umwelt ergießt. Je nach Anlaß und Laune präsentiert sich Luciano De Crescenzo als Schriftsteller, Journalist, Filmemacher, Manager oder Spaßvogel.« *Die Weltwoche, Zürich*

Also sprach Bellavista
Neapel, Liebe und Freiheit
Aus dem Italienischen von Linde Birk

oi dialogoi
Von der Kunst, miteinander zu reden
Deutsch von Jürgen Bauer

Geschichte der griechischen Philosophie I
Die Vorsokratiker
Deutsch von Linde Birk

Geschichte der griechischen Philosophie II
Von Sokrates bis Plotin
Deutsch von Linde Birk

Zio Cardellino
Der Onkel mit dem Vogel
Roman. Deutsch von Ina von Puttkamer
Mit einem Vorwort des Autors